Unelmia ja opiskeluhommia

Anne Kotokorpi

Unelmia ja opiskeluhommia

Kustantaja: BoD · Books on Demand GmbH,
Helsinki, Suomi
Kirjapaino: Libri Plureos GmbH, Hampuri, Saksa
ISBN: 978-952-80-8456-3

1

Koulua elämää varten

Syksyn lämpimät säät eivät ottaneet loppuakseen. Näin kesäiset lämpötilat olivat harvinaisia syyskuussa. Vaikka oli lämmintä, ilmassa oli aistittavissa syksyn tuntua. Ehkä menee vain muutama päivä, kun jo kahlattaisiin loskassa. Hannele nousi sängystä huonosti nukutun yön jälkeen. Hän oli herännyt yöllä katsomaan kelloa ainakin viisi kertaa. Jännitti. Tänään oli ensimmäinen koulupäivä uudessa opinahjossa. Tunne oli kuin ekaluokkaisella. Hannele oli hakenut - ja päässyt, opiskelemaan unelma-ammattiinsa kultasepäksi. Lukion jälkeen Hannele oli suorittanut taideteollisuusalan perustutkinnon, mutta opinnot olivat jääneet siihen. Työ oli kutsunut. Hannele oli ollut töissä vanhempien omistamassa kultasepänliikkeessä valmistumisestaan asti. Oppinut paljon, mutta myös jämähtänyt paikoilleen. Hannelella oli suuria haaveita ja intohimoja. Niitä ei toteutettu silloin, jos on jumissa myymälässä rippiristien ja kastelahjojen kanssa aamusta iltaan. Tilanne oli muuttunut viime syksynä. Hannelen isä oli sairastunut vakavasti. Onneksi isä oli toipunut, mutta raskaat hoidot olivat vaatineet veronsa. Yritys oli ollut pakko myydä. Hannele ei ollut vielä valmis

1

jatkamaan yritystä ilman isää. Hänellä ei ollut tarpeeksi tietoa eikä taitoa. Kenties innostuskin puuttui. Yrityksen pyörittäminen oli pääasiassa rutiinia, myymistä ja ostamista, asiakaspalvelua.

Hannele halusi enemmän. Hän suhtautui palavalla intohimolla koruihin, kultaan, hopeaan, jalokiviin. Hän seurasi trendejä, leikkasi lehdistä kuvia, loihti paperille designeja. Jonakin päivänä hänen korunsa olisivat tunnettuja ja haluttuja ympäri maailman. Vanhemmat olivat toppuutelleet: Hannele-kulta, kilpailu alalla on kovaa. Vain harvat pääsevät huipulle. Hannelle oli päättänyt olla yksi harvoista. Tänään alkava koulu oli yksi porras eteenpäin. Hannele päätti pukeutua tyylikkääseen mekkoon. Se oli tarpeeksi hillitty kouluun, mutta silti näyttävä ja persoonallinen. Hannele pakkasi laukkuun kyniä, vihkoja ja muuta kouluun liittyvää. Nahkainen olkalaukku oli merkkituote. Toivottavasti se ei herätä pahaa verta ryhmässä. Hannele oli säästänyt laukkuun monta kuukautta. Laukku oli laadukas, kaunis ja käytännöllinen, hyvin tehty. Luultavasti Hannele käyttäisi sitä loppuelämänsä. Hannele osti vähän, mutta aina laadukkaita tuotteita.

Hannele oli kouluun hakiessaan aprikoinut, olisiko hänen ryhmässään muita "aikuisia" kuin hän. Jos porukka olisi hädin tuskin peruskoulusta valmistuneita teinejä, Hannele pelkäsi, ettei sopeudu joukkoon. Hän oli kuitenkin jo aikuinen nainen, parin vuoden päästä kolmekymppinen. Mitä puhuttavaa hänellä olisi 16-kesäisen kanssa. Tosin hakijalta vaaditaan peruskoulutus, joten tuskin moni on kuitenkaan suoraan peruskoulusta tullut. Yhtä kaikki, oppiminen oli tärkeintä. Hän päätti keskittyä siihen ja saada kaiken hyödyn koulutuksesta. Ikkunat kiinni, valot pois, hälyt päälle. Hannele laittoi kotiavaimet laukkuunsa. Hän asui vanhempiensa suuressa omakotitalossa. Se oli hänen lapsuudenkotinsa, kaunis ja arvokas rakennus, keskellä kaupunkia. Vanhemmat asuivat talven Espanjassa, nykyään melkein myös kesän. He viihtyivät siellä. Sää oli suosiollinen ja kavereita riitti. Isän vointi oli kohentunut paljon uudessa ympäristössä.

Hannele katsoi ennen lähtöään itseään eteisen peilistä. Ruskeat, loivasti laineilla olevat luonnonkiharat, pitkät hiukset kehystivät symmetrisiä kasvoja. Tummat suuret silmät, joiden väri oli jotain ruskean ja violetin välillä, näyttivät tänään vakavilta. Ne taisivat näyttää aika usein vakavilta.

Oppilaitos oli kävelymatkan päässä. Hannele lähti ajoissa, ettei tarvitsisi kävellä liian nopeasti ja saapua viime tingassa perille. Koulu oli upea vanha rakennus. Jo ympäristö hyvin hoidettuine puistoalueineen inspiroi ja ruokki luovuutta. Hannele tiesi että tulisi viihtymään täällä.

Pihalla velloi suuri joukko ihmisiä. Iloinen puheensorina kertoi odottavasta innostuksesta. Ovella oli kylttejä, jotka opastivat eri ammattien opiskelijoita löytämään perille omiin tiloihinsa. Hannele bongasi helposti "kultasepän" ja lähti nuolen suuntaan. Luokka löytyi ja Hannele astui avoimesta ovesta sisään.

Huoneessa oli kymmenkunta henkilöä, miestä ja naista. Hannelen astuessa sisään useimmat tervehtivät ja hymyilivät ystävällisesti. Hannele hymyili takaisin ja totesi olevansa nuorimmasta päästä. Jokunen opiskelija oli jopa reilustikin vanhemman oloinen. Ei siis teinejä tällä kertaa.

Hannele istui seinän vieressä olevaan vapaaseen paikkaan. Se tuntui turvalliselta tässä vaiheessa. Tunnelma oli odottava.

Pian Hannelen jälkeen luokkaan astui mies, joka oli oletettavasti opettaja. Eläkeikää lähestyvä harmaantunut parrakas mies näytti lempeältä. Hän tervehti kaikkia luokan edessä.

- Tervetuloa, rakkaat opiskelijat, tulevat kultasepät. Olen iloinen saadessani jakaa tietoa ja taitoa teille. Uskon, että tästä tulee loistava seikkailu. Yhteistyön voimalla teistä valmistuu huikeita ammattilaisia ja luovia taitelijoita.

Opettajan puhe keskeytyi, kun ovi tempaistiin koputtamatta auki. Sisään rynnisti nuori mies.

- Onko tämä kultaseppä –luokka?

- Kyllä on, tervetuloa mukaan, sanoi opettaja ystävällisesti. - Etsi itsellesi paikka. Emme ole ehtineet vielä kovin pitkälle…

- Joo joo.

Nuori mies antoi katseensa kiertää ympäri luokkaa. Hannelen mielestä mies näytti ylimieliseltä ja kope-

4

alta. Sellaiselta, joka oli tottunut saamaan kaiken, mitä keksi pyytää tai haluta. Tummat, lähes mustat hiukset oli tyylikkäästi leikattu. Parta ja viikset olivat trendikkäät ja hoidetut. Todennäköisesti mies kävi parturissa vähintään joka toinen viikko. Varsin hyvännäköinen, mutta jokin miehen olemuksessa tuntui Hannelen mielestä luotaantyöntävältä. Hetken seisoskeltuaan miehen katse osui Hanneleen. Pieni hymynkare häivähti hänen veistoksellisilla kasvoillaan ja hän tuli istumaan Hannelen taakse. Aivan kuin kylmä tuulahdus olisi käynyt Hannelen paljaiden olkapäiden yli. Miehen partaveden tuoksu sai melkein silmät vuotamaan. Ehkä pullosta oli lorahtanut hiukan liikaa.

- Intuitio… Hannele ajatteli mielessään.

Isä oli opettanut, että luota intuitioon, aina. Se oli myös taiteilijan paras ystävä. Intuitioon isä luotti silloinkin, kun päätti myydä yrityksen. Kohdalle osui juuri sopivasti ketju, joka tarjoutui ostamaan pienen kultakaupan hyvällä hinnalla. Se pelasti ehkä isän hengen ja toi lisää onnellisia elinvuosia hänen vanhemmilleen.

Isä oli kuitenkin jättänyt Hannelelle muutamia upeita jalokiviä ikään kuin varmuuden varalle. Jos sittenkin hänen ainoa tyttärensä päättäisi jatkaa alalla. Silloin tällöin Hannele meni pankin tallelokerolle tutkimaan aarteitaan. Timantit ja arvokkaat metallit olivat varmasti jopa sadan tuhannen euron arvoisia. Joitakin suunnitelmia Hannele oli jo tehnytkin. Ne suunnitelmat hän toteuttaisi, kun tuli aika tehdä lopputyö.

Opettaja kertoi omasta taustastaan ja halusi kuulla myös opiskelijoiden motivaatiosta.

- Jospa jokainen kertoisi hieman itsestään ja historiastaan ja miksi on tullut opiskelemaan kultasepäksi?

Hannele alkoi jo jännittää omaa vuoroaan. Hän ei millään ilkeäisi kertoa haaveestaan tulla korusuunnittelijaksi. Millä lihaksilla? Peruskoulussakin opinto-ohjaaja oli kyseenalaistanut hänen ammatinvalintansa. "Ei kuule tuollaisella humpuukilla ansaita leipää. Eihän ihmisillä ole varaa ostaa kalliita koruja. Mene lähihoitajaksi."

Hannele kuunteli tulevien opiskelijatovereidensa avautumisia ja ilahtui. Monet heistä toteuttivat vuosikymmeniä pitkän haaveensa kultasepän ammatista. Silti yhdelläkään ei ollut niin kunnianhimoisia unelmia kuin hänellä.

Hänen takanaan istuva mies esittäytyi. - Tomas, Tomas Virtanen. Timantti - Virtanen on yritys, varmaan tiedätte, Suomen viidenneksi suurin kultakauppaketju.

Hannelen posket punehtuivat kun hän tajusi, että juuri Timantti - Virtanen oli ostanut heidän liikkeensä vajaa vuosi sitten. Sitä hän ei aikonut tunnustaa tälle keikarille.

Tomas jatkoi: - Olen täällä suorittamassa pikaisesti ammattitutkinnon ja jatkan sen jälkeen yrityksessä

toimitusjohtajana. Näin olen sopinut isäni kanssa.
Isäni siis omistaa Timantti -Virtasen... Minä en aio
näperrellä mitään kihlasormuksia, suoritan vain pa-
kolliset opinnot ja siirryn sen jälkeen vaativampiin
tehtäviin.

Tomas katseli yleisöään kuin odottaen aplodeja ala-
maisiltaan. Kaikki vain istuivat hiljaa ja tuijottivat.

- Vai niin, opettaja vihdoin sanoi. - Oikein hienoa,
että on tavoitteet selvillä. Entä sinä? Opettaja katsoi
Hannelea.

Hannelea kuumotti. Edellisen puhujan jälkeen ei
tehnyt mieli sanoa enää yhtään mitään.

- Ööö... tuota noin, minua kyllä kovasti kiinnostaa
suunnittelu. Haluaisin valmistaa uniikkeja koruja.
Tarvitsen oppia kivien käsittelystä ja muotoilusta,
Hannele sopersi ja toivoi ettei olisi kuulostanut niin
epävarmalta.

Hannele oli kuulevinaan takaansa pienen tuhahduk-
sen. Luultavasti Tomas ei uskonut hänen mahdolli-
suuksiinsa.

- Erittäin hienoa, sanoi opettaja. - Tavoite korkealle
ja sitä kohti. Huomaan että sinulla onkin pitkä ko-
kemus alalta, se on eduksi myös.

Onneksi opettaja ei kertonut enempää Hannelen työ-
kokemuksesta. Olisi ollut liian nöyryyttävää, jos
Tomas olisi ilkamoinut ostaneensa hänen isänsä fir-
man.

Käytännön asioiden käsittely veikin leijonanosan
aamusta. Opiskelijoille jaettiin materiaalia ja koulun

työhuoneiden vuorot. Hannele sai parikseen tytön, jonka kanssa arveli tulevansa hyvin toimeen. Nina oli muuttanut pohjoisesta ja oli ensimmäistä kertaa pois kotoa. Ninan perhe oli kullankaivajien sukua mikä oli Hannelen mielestä kiinnostavaa. Hän odotti yhteisyötä Ninan kanssa innokkaasti.

Koululla oli opiskelijoiden ruokala, tarjottu lounas oli huokea, mikä sopi opiskelijabudjetille mainiosti. Hannele lähti lounaalle parin ryhmäläisen kanssa. Tomas tokaisi lähtevänsä "kunnon lounaspaikkaan", eikä mihinkään surkeaan opiskelijaruokalaan. He näkivät ikkunasta Tomasin hyppäävän Bemariinsa ja kaasuttelevan pois. Ihan kuin koko ryhmä olisi huokaissut helpotuksesta, mutta kukaan ei sanonut ääneen mitään.

Ruokala oli aivan täynnä eri alan opiskelijoita. Ensimmäisenä päivänä kaikki kynnelle kykenevät taisivat olla paikalla. Jatkossa porukkaa olisi varmaankin huomattavasti vähemmän ja ruokailu sujuisi rauhallisemmin.

Hannele katseli lähes epätoivoisena ympärilleen, mistä löytäisi vapaan paikan. Hänen uudet toverinsa istuivat jo pöydässä, siinä ei enää ollut tilaa. Tarjotin kädessään hän kulki käytävää eteenpäin.

- Istu tähän.

Hannele kuuli äänen vierestään. Pöydässä istui nuorten miesten porukka, rupatellen kovaäänisesti.

- Tässä on paikka, tule istumaan.

Pojat tiivistivät ja pöydän päähän saatiin kuin saatiinkin tehtyä tilaa Hannelen tarjottimelle.

- Eka päivä on tällainen, huomenna täällä ei ole enää
ketään, sanoi Hannelen vieressä istuva mies, joka oli
kutsunut Hannelen heidän pöytäänsä.
Hannele katseli hiukan ujosti vieressään istuvaa
miestä. Mies ei ollut juuri häntä itseään vanhempi,
mutta ei näyttänyt opiskelijaltakaan. Ainakaan hän ei
ollut ensimmäisen vuoden opiskelija, se oli varmaa.
Mies hymyili. Vaalea, kihartuva tukka näytti siltä
kuin olisi jäänyt aamulla kampaamatta. Iloiset kas-
vot näyttivät hyväntahtoisilta ja ystävällisiltä. Han-
nele pani merkille myös söpön hymykuopan. Sinis-
ten silmien reunat olivat tummemmat kuin keskusta,
todella kauniit silmät. Väri silmissä oli kuin safiirin
ja topaasin yhdistelmä. Hannele kiinnitti huomiota
tällaisiin asioihin.
Hannele hymyili takaisin.
- Kiitos, hyvin vaikeaa löytää paikkaa, on todella
ruuhkaa.
Samalla Hannelen harjaantunut kultasepän silmä
havaitsi toisenkin asian, sileän kultasormuksen mie-
hen vasemmassa nimettömässä. Asia selvä, tuumi
Hannele.
Hannelella ei ollut koskaan ollut pitkiä suhteita. Oi-
keastaan hän ei ollut seurustellut vakavasti koskaan.
Lukiossa hänellä oli ollut poikaystävä, kuten muilla-
kin. Suhde, jos sitä edes sellaiseksi voi sanoa, oli
kuivunut kasaan kun molemmat lähtivät opiskele-
maan.
- Aloititko tänään? mies kysyi Hannelelta. - En ole
nähnyt sinua ennen.

- Kyllä, kultaseppä… Hannelen käsi kosketti vaistomaisesti kaulassa olevaa korua. Koru oli kulkenut suvun naiselta toiselle jo yli sadan vuoden ajan. Hannele oli saanut sen äidiltään muutama vuosi sitten. Tätä korua hänen oli tarkoitus korjata opintojen osana.
- Kaunis koru, tietenkin kultaseppä, olisin voinut melkein arvata, mies hymyili. - Minä olen puuseppä. Tai nyt opetan talonrakennuspuolella. Kristian.
- Hannele.
Meluisa joukko oli syönyt ja nousi lähteäkseen. Kristian kääntyi lähtiessään Hannelen puoleen.
- Me toivottavasti tapaamme. Tervetuloa ja oikein hyvää opiskeluintoa sinulle.
- Kiitos, nähdään, Hannele sanoi kun ei muuta keksinyt.
Hannele katsoi, miten miesjoukko loittoni ruokalasta. Kristian näytti olevan kovin suosittu, joka puolelta tervehdittiin ja halailtiin, kun mies ohitti ihmisiä.

Ruokailun jälkeen ryhmä palasi luokkaan. Myös Tomas oli saanut lounasta ja palannut paikalleen Hannelen taakse. Hannele tunsi koputuksen olkapäässään.
- Moi, minä voin olla sinun parisi? Tomas tapitti Hannelen silmiin.
- Minulla on jo pari, Hannele sanoi ja kääntyi takaisin.
- No vaihda. Minä olen sinun parisi, Tomas tokaisi.
Opettaja oli tässä vaiheessa kiinnittänyt huomiota

Tomasin ja Hannelen supinaan, joka ei ollut varsinaisesti supinaa ainakaan Tomasin puolelta.

- Tomas, jos sinulla ei ole vielä paria, Aki voi olla sinun parisi. Sopiiko se sinulle, Aki?

Tomas näytti nyrpeältä mutta ei sanonut mitään.

Päivän päätteeksi parit saivat mennä tutustumaan työpisteisiinsä. Jokaisella parilla oli pieni yksityinen sopukka työkaluineen. Tila oli pienen pieni, mutta harvoin siellä oli kaksi yhtä aikaa paikalla. Hannele ja Nina tutkivat tarpeistoa, suurin osa tavaroista oli hyvin tuttuja heille molemmille.

- Eikö ole aivan ihana tuo Tomas, Nina huokasi.

- Kerta kaikkiaan komea, kuin joku julkkis tai malli.

- Onhan hän, mutta vaikuttaa aika tylyltä luonteelta, Hannele sanoi varovasti.

- Eikä ole, varmaan vaan jännittää uusia ihmisiä, Nina puolusti. - Ja tuollaiset hyvännäköiset ihmiset ovat tottuneet pitämään välimatkaa muihin.

- Voi olla, Hannele ei halunnut alkaa kinastella asiasta. Eikä hän loppujen lopuksi tuntenut koko ihmistä. Ninahan saattoi olla oikeassa. Hannelella ei kuitenkaan ollut mitään halua ystävystyä Tomasin kanssa. Jos Nina halusi, se oli hänen asiansa.

- Olisinpa päässyt Tomasin pariksi, Nina huokaili. Hannele nosti kulmiaan. Nina oli toki nuori ja varmaan aika kokematon, mutta noin lapselliseksiko hän osoittautuu? Olisi sittenkin pitänyt toivoa pariksi keski-iän ylittänyt Aki.

- Voithan sinä kysyä, haluaako Aki vaihtaa paria,

Hannele sanoi äkkiä. - Minulle on sama, kuka parini on.

Paitsi kunhan se ei ole Tomas. Jos hän joutuisi kuuntelemaan Ninan haikailuja Tomasista kaksi vuotta, hermot olisivat riekaleina. Jos ensimmäinen päivä ottaa näin koville, tuskin se siitä paranee.

- Ihanko totta? Eikö sinua haittaisi? Nina sanoi toiveikkaasti. - Vaikka tuskin Tomas minua haluaa.

Varmaan hän haluaa sinut, kauniin, pitkän ja hoikan naisen.

- Höpsis, Hannele puuskahti.

Hannele mietti, oliko Nina kuullut heidän välisensä keskustelun.

- Kysy, sillä tuo selviää, Hannele tokaisi ja toivoi, ettei kuulostanut liian tylyltä. Tulihan tuosta paha mieli, kun toinen haluaa vaihtaa heti paria. Hannele luuli että heillä synkkasi.

- Uskaltaisinko? No jos koitan, ethän varmasti pahastu, Nina varmisti.

Nina poistui työtilasta ja lähti etsimään Akia ja Tomasia. Hannele puri hammasta. Ärsytti todella paljon. Hänellä oli jo Lapin kullan kimallus mielessään, kun Nina kertoi perheensä yrityksestä. Eikä tuntunut yhtään kivalta joutua hylätyksi.

Pian Nina palasikin Akin ja Tomasin kanssa.

- Akille sopii, että vaihdetaan pareja, Niina riemuitsi. - Ja Tomasille myös.

Nina tuijotti Tomasia häpeilemättä. Tuskin kenellekään jäi epäselväksi, että tyttö oli korviaan myöten ihastunut. Tomasia asia ei näyttänyt vaivaavan, päinvastoin. Hän nautiskeli huomiosta täysin rinnoin. Akia tilanne sen sijaan näytti huvittavan.

- Kelpaankos minä sinulle, Hannele, herrasmies hymähteli.

- Tietenkin.

Kun Tomas ja Nina olivat siirtyneet omaan huoneeseensa, Aki istahti tuoliin ja huokaisi.

- Tuntuuko sinustakin, että tyttö tulee vielä polttamaan näppinsä ja särkemään sydämensä? Tyttö taitaa olla melko kokematon ja sinisilmäinen.

Hannele ei oikeastaan olisi halunnut sanoa yhtään mitään. Asia ei kuulunut hänelle.

- Voi olla, hän vastasi kuitenkin.

Hannele halusi ainoastaan päästä alkuun opiskelussa. Nyt olisi suunniteltava, miten yhteistyö sujuu Akin kanssa.

- Onko sinulla toivomuksia työhuoneen suhteen? Työskenteletkö mieluummin aamuisin vai iltaisin? Meillä on myös se ryhmätyö, sitäkin voisimme miettiä.

Aki näytti hieman vaivaantuvan Hannelen tarmokkaasta aloituksesta. Viidenkympin paremmalla puolella oleva herra oli tottunut tekemään asioita omaan, maltilliseen tahtiin.

- Istutaanpa hetkeksi alas ja tuumaillaan.

Vaikka Hannele olisi jo halunnut tarttua töihin eikä istuskella, hän peitti kärsimättömyytensä ja he istuivat alas. Hannelella oli selvät sävelet. Hän aikoi suunnitella korusarjan. Luonnokset olivat jo valmiina, samoin kuin kivet. Opettajalta hän toivoi saavan-

13

sa käytännön neuvoja ja tukea. Hän paljasti Akille kunnianhimoiset unelmansa. Hän harvoin puhui unelmistaan kenellekään.

- Todella hienoa, uskon että onnistut mainiosti. Sinulla on varmasti loistava tulevaisuus edessäsi. Minulla tilanne on vähän erilainen. Ostin muutama vuosi sitten kultasepänliikkeen, tai oikeastaan muutaman. Liikkeissä on oma osaava henkilökunta. Innostuin kuitenkin vanhoilla päivilläni hakemaan opiskelemaan, jotta minäkin olisin hiukan jyvällä asioista. Sen kunnianhimoisempia tavoitteita minulla ei ole, perusjutut, siinä se.

Hannele kertoi isänsä liikkeestä. Samanlaisessa pikku kaupassa hänkin oli perusasiat oppinut. Nyt ei ollut enää kauppaa, mutta unelma korujen suunnittelusta ei ollut kadonnut mihinkään.

- Tavataan aamulla täällä ja suunnitellaan jatko, Aki sanoi. - Luulenpa, että tästä kehkeytyy vielä oikein hedelmällinen yhteistyö.

Myös Hannelella oli hyvä tunne. Aki ei lytännyt hänen tavoitteitaan.

Muu ryhmä oli saanut sovittua kuviot myös ja porukka lähti valumaan ulos. Hannele näki, että Nina hyppäsi Tomasin auton kyytiin. Suhde näytti etenevän vauhdilla.

Kotiin päästyään Hannele soitti äidille. Espanjassa oli vielä kuuma kesä.

- Miten ensimmäinen päivä meni? Äiti kysyi.
- Ihan ok. Sain parikseni kuusikymppisen miehen,

joka omistaa pienen kultasepänliikkeen, naurahti
Hannele.
- Eli kuin isä, nauroi äiti. - Johan nyt kävi huono
tuuri. Eikö siellä ollut yhtään komistusta, jonka olisit
napannut?
- Ei ollut, Hannele sanoi nopeasti.
Äiti ja isä varmasti toivoivat, että Hannele löytäisi
kumppanin. He eivät koskaan sanoneet mitään, mut-
ta kyllä Hannele sen arvasi. Serkuilla oli perheet,
talot ja lapset. Hänellä oli aivan erilaiset tulevaisuu-
den suunnitelmat. Siihen tulevaisuuteen olisi vaike-
aa sovittaa mies ja lapsia.
Hannele päätti vielä käydä tallelokerolla ennen kuin
pankki sulkisi ovensa. Nyt tarvittiin inspiraatiota
kivistä. Hän ottaisi muutaman kuvan puhelimeensa.
Luonnokset olivat jo valmiina, ja Hannele neuvotte-
lisi opettajan kanssa jatkosta.

Kaupungilla oli paljon väkeä. Lämmin syyspäivä
houkutteli nauttimaan viimeisistä auringonsäteistä
ennen talven tuloa. Jopa terassit olivat auki, luulta-
vasti opiskelijoiden takia. Kaupungissa oli paljon
uusia ihmisiä.
Hannelella olisi vielä tunti aikaa asioida pankissa.
Virkailijat tunsivat hänet ja hän pääsi lokerolleen
vaivatta. Hän otti jalokivet esiin ja alkoi kuvata niitä.
Miten kauniita ne olivat! Osa oli hiomattomia, mutta
silti niiden loistokkuus ei jäänyt epäselväksi. Enem-
män kuin kivien rahallista arvoa, Hannele arvosti
kivien suurenmoista ylevyyttä.

Hannele laittoi arvokkaat aarteet varovasti takaisin laatikkoon. Hän nyökkäsi ja hymyili pankin virkailijoille lähtiessään. Luultavasti kukaan muu pankkiholvin omistaja ei käynyt näin usein lokerollaan. Jatkossa hän varmaan kävisi vielä useammin.

- Hannele, Hannele hei!

Hannele kääntyi äänen suuntaan ja näki Ninan vilkuttavan hänelle ravintolan terassilta. Hannele hymyili ja vilkutti takaisin. Hän otti jo askeleen Ninan suuntaan kunnes huomasi Tomasin, joka kantoi drinkkejä pöytään.

Nina oli noussut pöydästä ja tuli Hannelen luo.

- Tuletko istumaan iltaa minun ja Tomasin kanssa? Tomasilla on jotain kavereitakin tulossa tänne.

Hannele vilkaisi pöytään, missä Tomas siemaili pitkästä lasista juomaa.

- En taida tällä kertaa, kiitos, mutta hauskaa iltaa teille.

Hannelesta näytti, että Nina oli helpottunut, kun Hannele kieltäytyi kutsusta. Kenties nuori nainen koki Hannelen kilpailijakseen, vaikka ei olisi voinut olla enempää väärässä. Tomas puistatti häntä.

Nina palasi pöytään ja sumeilematta Tomas suuteli tätä. Ninalle se näytti sopivan. Tomas varmisti, että Hannele näki koko episodin. Tomas hymyili vinosti, kun Hannele kääntyi ja lähti kotiin.

Hannele oli hiukan huolissaan Ninasta, mutta luotti tytön arvostelukykyyn. Luultavasti hän halusi vain pitää hauskaa. Aikuinen ihminen tietää mitä tekee.

Kotona Hannele unohti opiskelutoverinsa ja uppoutui täysin tulevaan tehtäväänsä. Värikynät, luonnokset, työjärjestys… Hannele havahtui vasta kun huomasi että ilta oli pimennyt. Kello oli jo yhdeksän. Hän pakkasi tavarat laukkuunsa. Toivottavasti opettajalla olisi huomenna aikaa katsoa hänen luonnoksiaan. Vasta yksi päivä takana koulussa ja Hannele pursui tarmoa ja ideoita. Hän todella oli nyt oikealla polulla. Hän nautti kupillisen kaakaota ja toivoi saavansa unta valtavasta innostuksestaan huolimatta.

2

Suhteita ja draamaa

Aamulla luokkahuoneessa oli kaksi huonovointista opiskelijaa. Nina jopa syöksyi huoneesta pari kertaa ulos, luultavasti vessaan oksentamaan. Tomas sinnitteli, mutta harmaat kasvot paljastivat, että ilta oli venynyt aamutunneille. Muut opiskelijat ja opettaja suhtautuivat hienotunteisesti, vaikka opettaja kurtisteli hieman kulmiaan.

Tomas istui edelleen Hannelen takana ja kuiskutteli.
- Olisit jäänyt meidän kanssa baariin. Meillä oli hillittömän hauskaa. Nina se vasta osaa juhlia. Ehkä Lapissa osataan. Nina on oikein rempseä tyttö. Eikä mikään kaino ja viaton kuten voisi ensi näkemältä luulla…

Hannele ei vastannut. Hän yritti kuunnella opettajan luentoa ja toivoi jo pääsevänsä työhuoneen rauhaan. Oli kiusallista kuulla Tomasin avautumista viimeöisestä juhlinnasta. Luultavasti Tomas oli juottanut Ninan umpihumalaan, eiköhän siinä kainous häviä väkisinkin.

- Nina lähti meidän kanssa jatkoillekin, Tomas jatkoi.

Onneksi opettaja lopetti puheensa ja kehotti oppilaita jatkamaan opiskelua työhuoneissaan. Hannele nousi ylös ja pakeni huoneeseensa. Hän ei halunnut kuulla enää yhtään enempää likaisia yksityiskohtia Tomasin ja Ninan illanvietosta. Ajatuskin puistatti. Toivottavasti Ninalla oli kaikki hyvin.

Aki tuli jonkin ajan kuluttua perässä.

- Sopiiko sinulle, jos tässä sivussa tarkkailen sinun työskentelyäsi? Sinun ideasi ovat kiinnostavia, minä en kykene vastaavaan, mutta haluaisin nähdä miten kaikki tapahtuu.

Hannele oli mielissään Akin tunnustuksesta. Eihän Hannele osannut vielä mitään. Siihen tarvittiin opetusta. Tekniikka oli vaikeaa ja vaati harjoitusta.

Opettaja tuli paikalle ja pian koko kolmikko oli syventynyt jalokivien käsittelyn jännittävään maailmaan. Aika kului kuin siivillä.

Nina ilmestyi ovelle. Hän näytti edelleen voipuneelta.

- Lähdetkö syömään?

Hannele ei olisi raaskinut vielä lopettaa, mutta aisti kahden iäkkäämmän miehen kaipaavan jo lepohet-

keä.
- Sopiiko? Hannele kysyi Akilta.
Opettaja nousi tuolista venytellen jäseniään.
- Kyllä vain, tauko tekee hyvää. Nähdään iltapäivällä.
Nina oli hiljainen. Ruokalassa hän otti eteensä pelkän vesilasin. Hannele kauhoi tarjottimelle pastaa, salaattia ja jälkiruuan. Tiivis työskentely oli saanut unohtamaan nälän. Kristiania ei näkynyt syömässä mikä oli pienoinen pettymys.
Hannele oli päättänyt olla kysymättä mitään eilisestä juhlimisesta. Hän ei halunnut kuulla mitään ja toivoi, ettei Ninakaan puhuisi.
Turha toivo.
- Et arvaa...aivan järkyttävän huono olo, vieläkin.
Hannele kyllä arvasi. Ei tarvinnut kuin katsoa Ninan naamaa.
- Meillä oli todella hauskaa Tomasin kanssa. Lähdettiin siitä terassilta vielä yökerhoon. Tomas maksoi juomat... Hän on kyllä herrasmies.
Hannele päätti pitää suunsa kiinni, koska jos hän sanoisi jotain, se ei olisi mairittelevaa kummallekaan. Hän ei halunnut suututtaa Ninaa. Nina oli kuitenkin mukava tyttö.
- Yökerho meni kiinni ja Tomas halusi viedä minut jatkoille hänen kotiinsa. Hän on niin ihana, maailman hyvännäköisin mies, Nina hehkutti ja otti hörpyn vesilasistaan. - Yleensä en ole näin estoton ensimmäisillä treffeillä, mutta en voinut vastustaa kiusausta. Niinpä me sitten... ymmärräthän?

19

Nina tuijotti Hannelen silmiin kuin hakien hyväksyntää toimilleen. Ninalla taisi kuitenkin olla pienoinen morkkis. Hannele ei kuitenkaan aikonut kommentoida asiaa millään tavalla.

- Missä tämä "romeo" nyt mahtaa olla? Teittekö töitä yhdessä aamupäivän?

Nina huokaisi.

- Tomasia väsytti, hän lähti kotiin nukkumaan. Hän pyysi, että aloittaisin meidän ryhmätyön. En ole saanut paljonkaan aikaan tänään. Toivottavasti Tomas ei ole vihainen.

Niinpä tietenkin. Hannele puri hammasta.

- No, ehkä Tomas jatkaa huomenna sitten kanssasi, kunhan tokenee, Hannele sanoi vaikka olisi halunnut haukkua Tomasin itsekkääksi lusmuilijaksi ja hyväksikäyttäjäksi.

- Niin varmaan. Hän sanoi, ettei jaksa tänään tavata minua, Nina sanoi lohduttomasti. - Minulla on jo hirveä ikävä häntä.

Hannele tunsi sääliä Ninaa kohtaan. Ulkopuolisen silmin nähtynä Tomasin ja Ninan suhteella ei ollut tulevaisuutta. Mutta kuka tietää. Hannele toivoi olevansa väärässä.

- Hei kultaseppä, miten menee?

Hannele nosti katseensa ja näki Kristianin tarjottimen kanssa. Mies hymyili ja ihan kuin lämmin henkäys olisi puhaltanut Hannelen iholle ja sisukaluihin.

- Oikein hyvin, Hannele vastasi ja hymyili takaisin.

Miehestä aivan huokui hyväntahtoisuus ja ystävällisyys. Hannele toki toivoi, että miehestä olisi huokunut paljon muutakin häntä kohtaan.

- Nähdään taas, Kristian sanoi ja jatkoi matkaa.

Myös Nina oli pannut merkille komean miehen. Hän virkistyi silmin nähden.

- Hohoo… Mikäs tämä juttu on? Hannele, onko sinulla jotain säpinää tuon komistuksen kanssa? Nopeaa toimintaa sinullakin.

Hannelea ärsytti Ninan ilkamointi. Aivan kuin Kristianin viatonta tervehdystä voisi mitenkään verrata Ninan ja Tomasin viimeöiseen sekoiluun.

- Ei ole mitään säpinää, Hannele sanoi lähes kiukkuisesti.

- Mutta haluaisit, että olisi, Nina jatkoi välittämättä Hannelen ärtymyksestä.

- En halua mitään säpinää, en kenenkään kanssa. Piste.

Hannele nousi pöydästä lähteäkseen.

- Älä nyt suutu, Nina sanoi sovittelevasti. - Minulla on niin onnellinen olo, että haluaisin sinullekin jonkun ihanan miehen. Ja tuo mies näytti selvästi olevan kiinnostunut sinusta. Eikä mikään ihme, olet kaunis nainen.

- Tuskin sentään, Hannele tokaisi ja lähti viemään astioita pois. Hän halusi takaisin työnsä pariin. Nina vain sekoitti hänen ajatuksiaan mokomalla hömpällä parisuhteista ja miehistä. Kristian oli naimisissa. Heillä ei koskaan tulisi olemaan mitään suhdetta.

Iltapäivän Hannele uppoutui töihinsä ja sai aikaan paljon. Myös Aki edistyi, hän harjoitteli kullan käsittelyä. Mies oli kömpelö, mutta luultavasti saisi rimaa hipoen hyväksytyn tuloksen. Akin tarkoitus olikin keskittyä markkinointiin, korujen myyntiin ja kaupallistamiseen. Hän nauroi, ettei hänen nakkisormillaan pikkuruisia timantteja enää istuteta koruihin. Aki jäi vielä työhuoneelle taistelemaan kultasormuksen kanssa, kun Hannele lähti kotiin. Hän oli aivan poikki. Hän halusi suihkuun ja sohvalle television pariin. Joku hyvä leffa voisi olla paikallaan. Tänään ei riitä energiaa opiskeluun.

- Päivä pulkassa?

Kristiankin oli lähdössä kotiin. Hannelen sydän sykähti tarpeettoman paljon. Hän toivoi, että tunne ei olisi ollut näin ilmeinen.

- Joo, kotiin päin tässä, Hannele sanoi ja tunsi itsensä tyhmäksi kun ei keksinyt mitään hohdokkaampaa sanottavaa.

- Hyvää illan jatkoa sinulle, huomiseen, Kristian virkkoi ja lähti.

Hannele koitti äkkiä keksiä jonkun tekosyyn, että olisi voinut kävellä edes jonkun aikaa yhtä matkaa Kristianin kanssa. Ennen kuin hän pääsi tuumasta toimeen, Hannele näki, että jonkun matkan päässä oli nainen ja pieni lapsi, jotka huitoivat Kristianin suuntaan. - Ihi, ihi… huusi pieni tyttö ja hyppi innoissaan.

Isi? Hannelen kasvot venähtivät. Paitsi että Kristian oli naimisissa, hän oli myös isä. Hannelen valtasi pettymys. Vaimon olisi vielä hätätapauksessa voinut selittää itselleen "hidasteeksi", eikä esteeksi, mutta

lapsen isää Hannele ei voisi viedä perheeltään. Ei
koskaan.

Hannele näki, miten suloinen pikkutyttö taapersi
isäänsä vastaan. Kristian nosti tytön ilmaan ja pyö-
ritti tätä korkealla tytön kiljuessa ihastuksesta. Nai-
nen hymyili leveästi heidän vieressään. Onnellinen
perhe. Hannele huokaisi surumielisesti ja käveli ko-
tiinsa.

Seuraavana aamuna Tomas ja Nina näyttivät jo pir-
teämmiltä. Nina kiehnäsi tiiviisti Tomasin kyljessä.
Tomas sen sijaan näytti kärsimättömältä, mutta il-
meisesti yhteinen intressi opiskelujen suorittamisek-
si motivoi häntä käyttäytymään asiallisesti.
Hannelella oli tänään koko työtila hallussaan, kun
Aki suoritti teoriaopintojaan. Nyt oli tilaa ja aikaa
käsitellä suvun vanhaa korua. Onneksi opettaja oli
valvomassa työtä. Hannele ei ikinä antaisi itselleen
anteeksi, jos pilaisi korun.
- Irrota kivi varovasti ketjusta. Näin pääset puhdis-
tamaan ja hiomaan sen. Sitten kun olet saanut sen
haluamaasi muotoon, kiinnität takaisin. Todella kau-
nis kivi. Ametisti. Väri sopii upeasti silmiisi, jos
sallit minun sanoa näin.
Opettaja kuulosti hieman nololta. Ei ollut millään
muotoa tarkoitus sortua minkäänlaiseen häirintään,
mutta nämäkin asiat tulevat esiin koulutuksessa.
Asiakkaalle on löydettävä hänen väreihinsä ja per-
soonaansa sopiva koru.
- Kuulostaa helpolta, mutta ei ole, Hannele sanoi

tuskaisesti.

Ikivanha koru oli hauras ja likainen. Hannelen suunnitelmissa oli myös hieman uudistaa sitä. Kenties lisätä muutama timantti ympärille. Koru oli toki kaunis noinkin, mutta auttamattoman vanhanaikainen. Opettajan avustuksella kivi lähti irti ja Hannele pääsi käsittelemään sitä. Opettaja lupasi tulla apuun tarvittaessa.

- Mitäs kaunotar täällä niin intohimoisesti väkertää? Tomasin ääni kuulosti lipevältä. Hän nojaili ovenpieleen ja tuijotti Hannelea.

Hannele käännähti. Olisi pitänyt laittaa ovi kiinni, ettei kukaan kutsumaton vieras pääse sisään.

- Harjoitustyötä, Hannele vastasi niin ystävällisesti kuin pystyi. Se tuotti suuria vaikeuksia.

- Saanko katsoa, Tomas sanoi ja vastausta odottamatta astui sisään.

Hän veti tuolin alleen ja hilasi sen Hannelen viereen. Liian lähelle Hannelen mielestä.

- Onpa siinä vanha koru. Taitaa olla jonkun ikivanhan mummelin aarre, Tomas sanoi ja hohotteli.

- Niin on, Hannele sanoi ja siirsi tuoliaan kauemmaksi.

- Sinua pukisivat aivan toisenlaiset korut, Tomas sanoi, siirsi tuolin taas lähemmäs ja käänsi katseensa Hannelen kasvoihin ja kaulalle. - Minä kyllä tiedän, mistä naiset pitävät… Tomas kohotti kätensä kohti Hannelen kaulaa.

- Tomas? Ja Hannele? Nina oli tullut Tomasin perässä huoneeseen.

Hannele peruutti tuolissaan taas kauemmas. Tomas
vilkaisi Ninaa ärtyneenä.

- Enkö minä käskenyt sinun jatkaa sormuksen paris-
sa? Minun pitää saada se pian valmiiksi näyttöä var-
ten, Tomas tiuskaisi.

Hannele nousi ylös ja lähti huoneesta sanomatta sa-
naakaan. Hän kuuli, miten Nina kovisteli Tomasia.

- Miksi sinä tänne tulit? Hannelen takiako?

- En tietenkään, Nina kulta. Tulin kysymään neuvoa
opettajalta, Tomas sanoi kiukuissaan. - Ja entä sitten
vaikka tulisinkin Hannelen takia? Ei kai me nyt
naimisissa olla...

- Niin mutta... entä eilinen?

Hannele kuuli Ninan äänestä että tämä oli hätäänty-
nyt. Tyttörukka taisi tosiaan olla rakastunut hiuskar-
vojaan myöten.

Äkkiä Tomasin ääni kellossa muuttui.

- Nina pieni, tietenkin me kaksi. Mennään nyt takai-
sin ja sitten teet sen tehtävän, jooko?

Hannele kuuli pusuttelun ääniä, joten ilmeisesti so-
vinto oli saatu aikaan.

Pariskunta tuli ulos kädet toistensa ympärillä. Nina
vilkaisi Hannelea vihaisesti, mutta ei sanonut mi-
tään. Ilmeisesti tämä kohtaus menisi Hannelen piik-
kiin. Tomashan oli viaton.

Ihan sama, ajatteli Hannele ja meni jatkamaan työ-
tään.

Seuraavat päivät kuluivat kuin siivillä. Sääkin muut-
tui. Äkkiä kesä oli ohitse, ilma viileni, illat pimeni-

vät. Pian satoi ensimmäisen kerran räntää.
Hannele oli yrittänyt vältellä Kristiania. Hän meni
syömään vasta iltapäivällä, kun tiesi, että oppilaat
olivat jo käyneet. Hän lähti kotiin vasta illansuussa,
jotta ei joutuisi todistamaan Kristianin perheen on-
nea. Silti Hannele kaipasi Kristianin hymyileviä
kasvoja.

Tomas pysyi ruodussa. Luultavasti ainakin niin kau-
an kuin Ninan kestäisi saada Tomasin koulutehtävät
valmiiksi. Nina oli ilmeisesti päättänyt vihoitella
Hannelelle, koska ei enää puhunut hänelle, eikä pyy-
tänyt syömään.

Hannelen suunnitelmat etenivät nyt vauhdilla, kun
häiriötekijöitä ei enää ollut. Aki oli löytänyt verkos-
tojensa avulla kiinnostavan Suomen kultaseppäalan
yrittäjien järjestämän kilpailun, johon yllytti Hanne-
lea osallistumaan. Hannele empi. Hän oli vasta kul-
taseppäopiskelija. Tuohon osallistuivat ammattilai-
set, jo vuosikymmeniä töitä tehneet taiteilijat.

- Vuosikymmeniä töitä tehneet ovat kaavoihinsa
kangistuneita vanhoja jääriä, Aki innosti. - Sinä sen
sijaan olet nuori, innovatiivinen lahjakkuus. Osallis-
tuminen ei maksa mitään. Se voi poikia vaikka mitä
mahdollisuuksia, jopa ulkomaille asti.

Opettajakin kannusti, vaikka ei ollut koskaan kuul-
lutkaan kyseisestä kilpailusta. Hannele mietti. Olisi
kyllä ihanaa, jos pääsisi mukaan. Jo osallistujien
joukkoon hyväksyminen olisi aivan mahtava kunnia.

- Minulla ei ole vielä mitään valmista. Piirustukset ja
luonnokset ovat kunnossa. Täytyy käydä talleloke-

rolla hakemassa kivet, Hannele lopulta totesi.
- No niin sitä pitää, Aki kannusti. - Homma on tekemistä vaille valmis!
Hannele ja Aki täyttivät yhdessä ilmoittautumislomakkeen. Tässä vaiheessa riitti pelkät luonnokset.
Paperien perusteella kutsutaan kilpailuun. Siihen olisi aikaa melkein puoli vuotta. Loppukilpailuun oli melkein vuosi aikaa. Silloin pitää olla myös koru esiteltävänä.
Vaikka Hannele ei pääsisi kilpailuun, mikä oli hyvin todennäköistä, voisi korun suunnittelun ja valmistamisen käyttää lopputyönä tutkintoa varten. Työ ei menisi hukkaan, kävi niin tai näin. Hannele aikoi valmistua niin pian kuin mahdollista, viimeistään vuoden päästä jouluna. Ellei mitään yllätyksiä tule, kuten sairastumista, sen pitäisi olla mahdollista.

Jännitys kutkutti vatsanpohjassa, kun Hannele lähti koulusta. Tänään hän valitsisi korut kilpailutyöhönsä. Värimaailma oli jo selvillä, muotoja piti vielä suunnitella. Hän oli päättänyt käyttää valkokultaa pohjana. Ehkä jotain Star Warsin prinsessa Leian korun muotoa…
Kun Hannele ehti pankkiin, hänen oli harmikseen todettava, että pankissa oli aivan valtavat jonot.
Mahtoiko nyt olla joku palkkapäivä tai eläkkeiden maksu. Epätoivoisena Hannele katseli tiskille mahtaisiko nähdä tuttua virkailijaa, joka päästäisi hänet tallelokerolle. Muussa tapauksessa olisi vain jonotet-

tava. Tai sitten homma jää huomiselle. Hannelea suututti, koska inspiraatio kukki juuri nyt. Hän otti jonotusnumeron ja päätti istahtaa ainakin hetkeksi. Jos alkaa näyttää siltä, ettei jono etene, hän tulisi huomenna uudelleen.

- Kas, kultaseppä- Hannele, hei. Sinäkin pankissa? Kristian hymyili ja istahti Hannelen viereen. Se oli harvoja istuimia, joka oli vielä vapaana.

Hannelen sydän alkoi jyskyttää. Hän oli samaan aikaan iloinen ja pakokauhun vallassa. Vaikka oli ihanaa nähdä Kristian ja vieläpä istua näin lähellä häntä, Hannelea pelotti, että Kristianille paljastuu hänen orastava ihastumisensa. Sitä hän ei missään nimessä halunnut.

- Kyllä, luulin, että tähän aikaan olisi hiljaista. Olin väärässä.

Hannele ei uskaltanut katsoa Kristiania silmiin puhuessaan. Posket alkoivat jo kuumottaa, vaikka hän olisi tehnyt mitä. Saadakseen ajatukset muualle, hän tuijotti muutamaa lattialla olevaa syksyn lehteä, taisi olla tammen. Kauniita ruskeita joka tapauksessa.

- Kuule, jono ei näytä tästä lyhenevän. Mitä jos menisimme kahville tuohon viereiseen kahvilaan? Siellä on aivan mahtavia porkkanakakkuja. Minä tiedän, olen maistanut.

- Ai me? Me kaksi?

- No niin… Sinä ja minä. Paitsi jos haluat ottaa tuosta pari mummoa mukaan? Voin tarjota kyllä kahvit heillekin, Kristian sanoi kasvot vakavina, mutta naururypyt ja hymykuoppa paljastivat, että hän tietenkin pilaili.

Hannele paloi halusta lähteä Kristianin kanssa kahville. Hän olisi lähtenyt vaikka maailman ääriin.

Entä vaimo ja lapsi?

- Miksi?

- Ai että miksi menisimme syömään herkullista porkkanakakkua sen sijaan, että istumme kovilla pankin penkeillä ties kuinka kauan? Juuri siksi. Mennään.

Kristian nousi ylös ja ojensi käden Hannelelle. Hannele ei voinut muuta, kuin tarttua ojennettuun käteen. He lähtivät pankista ulos ja siirtyivät viereiseen kahvilaan. Kahvilassa ei ollut muita kuin yksi sanomalehteä lukeva asiakas. Kristian haki tiskiltä kahvit ja porkkanakakut. He asettuivat istumaan ikkunan viereen.

- En ole nähnyt sinua koulussa, en vilaustakaan, Kristian sanoi ja katseli tutkivasti Hannelen silmiin samalla kun maisteli kakkuaan.

Hannelen posket lehahtivat punaisiksi. Toivottavasti viime kesän rusketuksesta oli vielä sen verran jäljellä, ettei punotusta huomannut.

- Tuota… olen keskittynyt opiskeluun.

Hannele ei voinut irrottaa katsettaan Kristianin silmistä. Niiden kaunis väri melkein hypnotisoi hänet. Silmät olivat välillä vakavat, lähes surumieliset, mutta hetken kuluttua taas iloiset, vilkkuvat viirut Kristianin nauraessa.

Arvasiko Kristian että Hannele oli vältellyt häntä. Ja miksi? Koska hän tunsi vastustamatonta vetovoimaa

29

tätä kultaista miestä kohtaan. Kristian oli isä, suloisen pienen tytön isä ja hänellä oli vaimo. Siihen väliin ei Hannele mahdu.

Joku koputti kahvilan ikkunaan. Kristian kääntyi katsomaan. Hannele huokaisi salaa helpotuksesta, kun pääsi sinisten silmien pinteestä. Kristian hymyili ja heilutti kättään ikkunan takana seisovalle nuorelle miehelle ja mies jatkoi matkaa.

- Se oli yksi oppilaani. Oikein kiva poika. Edistynyt hurjasti, vaikka oli edellisestä koulusta kuulemma erotettu huonon käytöksen takia. En kyllä ymmärrä. Mukavampaa ja ystävällisempää nuorta saa hakea.

Hannele kyllä ymmärsi. Kohtelemalla nuorta miestä asiallisesti ja kunnioittavasti Kristian oli saanut nuoresta kuoriutumaan oivallisen aikuisen. Niin metsä vastaa kuin sinne huudetaan.

- Taidat olla kutsumusammatissa?

- Niin voi sanoa. Kenties vielä mieluummin väsäisin puisia huonekaluja päivät pitkät, mutta sillä ei saa leipää pöytään. Harrastuksena se kyllä menee. Pidän paljon opettajan työstä. En ole vielä muodollisesti pätevä, mutta opiskelen työn ohella. Siihen menee kuitenkin luultavasti vielä ainakin vuosi.

Työ, opiskelu ja perhe. Tietenkin menee ainakin vuosi. Pienen lapsen isällä aika on kortilla.

- Mitä pidät kakusta? Olinko oikeassa vai olinko oikeassa, Kristian myhäili ja siemaisi loput kahvistaan.

Hannele nauroi. - Olit oikeassa. Paljon kiitoksia tarjoiluista.

- Minun täytyy lähteä, Kristian sanoi ja vilkaisi kelloaan. - Aiotko vielä mennä pankkiin? Eiköhän jono ole jo lyhentynyt.
- Käyn ainakin vilkaisemassa, Hannele vastasi. - Tarvitsen sieltä materiaalia kouluun.
- Pankista materiaalia? Aiotko ryöstää pankin... Kristian kurtisti kulmiaan.
- No en sentään, Hannele nauroi. - Ihan virallisia, laillisia asioita.
He nousivat pöydästä ja astuivat ulos. Kristian kääntyi Hannelen puoleen.
- Toivon, että näemme koululla. Käyn usein syömässä puolen päivän aikaan, oppilaiden jälkeen. Tule sinäkin silloin. Haluaisin olla seurassasi.
Kristian hipaisi nopeasti Hannelen poskea ja lähti. Hannele jäi seisomaan kadulle pyörällä päästään.
Hän oli onnensa kukkuloilla, mutta samalla tunsi syyllisyyttä ja surua. Miksi Kristian oli antanut ymmärtää, että halusi tavata Hannelea? Onko hän mies, joka pettää vaimoaan? Onko hänellä useampiakin tyttöystäviä? Se olisi kyllä valtava pettymys. Hannelen ihmistuntemus olisi mennyt totaalisen pieleen.
Hannele selitti itselleen, että he olivat vain ystävät, opiskelukaverit, ei muuta. He voisivat hyvin lounastaa yhdessä ja jutella, ilman, että se menisi sen pitemmälle. Entä hipaisu? Muisto Kristianin sormen hipaisusta sai Hannelen ihon sähköistymään.
Hannele torui itseään: olen kuin Nina. Mies saa pään pyörälle ja järki lentää ikkunasta ulos.

Hän ei silti voinut olla hymyilemättä, kun palasi pankkiin ja pääsi kuin pääsikin tallelokerolleen.

Seuraavana aamuna Hannele hämmästyi, kun Nina odotti häntä työhuoneessa. He eivät olleet puhuneet ainakaan pariin viikkoon. Nina oli ei ollut edes tervehtinyt häntä. Myös Tomas oli pysytellyt kaukana, mikä sentään oli hyvä uutinen.

- Huomenta, Hannele sanoi, kun ei muutakaan keksinyt.

Näytti siltä, että Nina oli itkenyt. Silmät punoittivat ja tukkakin oli sekaisin. Nyt ei kaikki ollut kunnossa.

- Voi Hannele…! Nina purskahti itkuun ja syöksyi Hannelen kaulaan.

Hannele yritti tyynnytellä Ninaa parhaansa mukaan, mutta itku vain yltyi.

- Istutaan alas, laitan oven kiinni, Hannele sanoi. - Mitä on tapahtunut? Ei kai perheellesi ole sattunut mitään pahaa?

Nina niiskutti ja yritti saada hengitystään tasaantumaan. Hän oli selvästi järkyttynyt.

- Sinä olit oikeassa. Ei olisi pitänyt luottaa Tomasiin.

Tomas. Tietenkin. Ei siinä sitten kauan mennyt, mutta Hannele ei sanonut mitään, kuunteli vain.

- Olemme opiskelleet yhdessä tiiviisti viime viikot, Nina aloitti, - tai no, minä olen tehnyt meidän molempien tehtävät. Tomasilla on hirveä kiire valmistua. Hänellä on vastuu perheen firmasta. Tomas on kuitenkin osoittanut kiinnostusta minua kohtaan.

Hän on vienyt syömään ja tanssimaan, usein olen viettänyt myös öitä Tomasin kotona. Hänellä on muuten upea koti... kaikki on laadukasta ja trendikästä. Ja mikä sänky siellä onkaan! Se on varmasti maksanut kymppitonnin...

Nina alkoi eksyä aiheesta, mutta Hannele antoi Ninan puhua.

- Usein Tomas on väsynyt, eikä halua minua luokseen. Kuten eilen. Hän lähti jo iltapäivällä pois ja jätti minut kirjoittamaan raporttia, hänen raporttiaan, Nina nyyhkäisi. - Ja minähän kirjoitin, vieläpä laadukkaan sellaisen.

Hannelelle alkoi muodostua kuva Nina ja Tomasin suhteesta. Mies käytti härskisti hyväkseen nuoren, hyväuskoisen naisen ihastusta selvitäkseen koulusta mahdollisimman vaivatta. Mokomalla pyrkyrillä oli itsekkäät keinonsa saavuttaa tavoitteensa suhteellisen pienellä panostuksella. Sen saattoi arvata.

- Tänään aamulla sitten ajattelin yllättää Tomasin. Menin hänen asunnolleen ennen kouluun tuloa. Ostin jopa leipomosta karjalanpiirakoita. Soitin ovikelloa ja joku nainen aukaisi minulle oven! Nina pyrskähti jälleen itkuun. - Puolialaston nainen... Ei ollut vaikeaa arvata, mitä siellä oli tapahtunut. Tomas tuli paikalle ja alkoi haukkua minua, etten saisi tulla ilmoittamatta... Se oli aivan hirveää, aivan hirveää, uskothan Hannele.

Hannele sääli Ninaa. Tarina ei yllättänyt. Ainoa yllätys oli, että Nina ei ollut nähnyt Tomasin petturuutta. Ehkä nyt ääni kellossa muuttuu ja Nina ottaa ohjat omiin käsiinsä.

- Mitä minä nyt teen? Nina kysyi anovasti. - Kaikki on pilalla.

- Minä en osaa sinua neuvoa, sinä tiedät itse, mitä sinun pitää tehdä, Hannele sanoi, vaikka olisi halunnut huutaa Ninan korvaan, että unohda se renttu.

Nina pyyhki silmänsä. Ennen kuin hän oli rauhoittunut kokonaan, oveen koputettiin. Hannele nousi ja meni avaamaan. Ovella seisoi Tomas valtava ruusupuska kädessään.

- Onko Nina täällä?

- On kyllä, mutta en ole varma haluaako hän nähdä sinua.

Tomas työntyi Hannelen ohi, meni polvilleen Ninan eteen ja työnsi ruusut hänelle.

- Kulta, anna anteeksi. En tiedä mitä ajattelin. Koko juttu oli pelkkä vahinko. Se nainen ei merkitse mitään, uskothan. Mikä lie naikkonen, tarttui mukaan baarista. Taisin olla niin sekaisin, etten tajunnut mitä olen tekemässä. Annathan anteeksi? Annathan... kulta?

Kauhukseen Hannele näki miten Ninan kasvot sulivat hymyyn. Ei kai tyttö uskonut tuota potaskaa? Hyvä tavaton sentään... Mutta jokainen tekee, kuten parhaaksi näkee. Ei ollut Hannelen asia puuttua siihen, eikä hän olisi voinutkaan. Nina oli sulaa vahaa Tomasin käsissä.

Pian pariskunta jo suuteli kiihkeästi. Hannele lähti huoneesta.

Hetken kuluttua Tomas tuli ulos ja hymyili vinosti

Hannelelle.

- Ninalla on jotain asiaa sinulle. Ja kuule, ei kannata yrittää sotkeutua meidän asioihin, Tomas kivahti.

Nina näytti taas omalta itseltään, kun Hannele meni sisään.

- Kiitos Hannele, kiitos että olit tukenani, vaikka olen ollut sinulle hiukan tyly.
- Mitäpä tuosta. Oletteko nyt siis sopineet Tomasin kanssa?
- Olemme, katso miten ihania kukkia hän toi. Eikö ole varsinainen unelmien poikamies?

Unelmien poikamies ei herää vieraan naisen vierestä, jos hänellä on tyttöystävä? Hannele ei sanonut mitään, vaan halasi Ninaa, kun tämä tuli kiittämään häntä.

Työnteosta ei aamupäivällä tahtonut tulla mitään, kun ajatukset pyörivät Ninan aamuisen kohtauksen parissa. Tomas oli jopa hävyttömämpi kuin mitä Hannele oli uskonut. Tomasilla näytti kuitenkin olevan Ninan sydän tiukasti hallussaan, asialle ei ollut tehtävissä mitään. Jos Hannele menisi puhumaan pahaa Tomasista Nina vain kääntyisi häntä vastaan. Kello oli pian kaksitoista. Hannele oli kuin tulisilla hiilillä, mennäkö vai eikö mennä syömään? Siellä olisi mahdollisesti Kristian joka odottaisi häntä lounasseuraksi.

Hannele nousi, katsahti peiliin, oikoi suortuviaan, sipaisi huulikiiltoa ja lähti ruokalaan. Hehän olivat vain kavereita, jotka lounastavat yhdessä. Ei mitään sen kummempaa. Siinä kaikki.

Hannele näki jo kaukaa Kristianin. Hän istui yksin pöydässä. Kristian nosti katseensa ja heilautti kättään Hannelelle. Hannele hymyili ja käveli Kristianin luo.

3

Hiomattomat timantit hiotaan

Hannele ja Kristian olivat syöneet yhdessä joka päivä jo useamman viikon. He viihtyivät toistensa seurassa. Hannele kertoi suunnitelmastaan osallistua kilpailuun. Kristian ihmetteli jalokivien maailmaa ja kertoi omista töistään. Hän oli melkoinen puuseppä. Yksi puheenaihe kuitenkin loisti poissaolollaan. Vaimo ja lapsi. Hannele ei uskaltanut ottaa asiaa puheeksi. Hän pelkäsi menettävänsä Kristianin kokonaan ja hän viihtyi liian paljon tämän seurassa riskeeratakseen sen. Kristiankaan ei puhunut perheestään, ei edes lapsesta, mikä oudoksutti Hannelea. Jokainen äiti tai isä halusi puhua lapsestaan.

Ja mitä tulevaisuutta oli suhteella, jossa vain istutaan koulun ruokalassa puhumassa? Eivät he mitään teinejä enää olleet. Hannele oli rakastumassa, sitä ei käynyt kieltäminen. Myös Kristian tuntui pitävän Hannelesta. Pienet kosketukset ja kohteliaisuudet paljastivat sen. Mies ei kuitenkaan koskaan pyytänyt Hannelea ulos tai halunnut nähdä häntä koulun jälkeen ja viikonloppuisin.

Hannele alkoi turhautua tilanteeseen. Ehkä olisi parempi ottaa härkää sarvista ja kysyä suoraan miehen aikeista. Jos suhteella ei tosiaan ollut mitään tulevaisuutta, miksi kiusata itseään joka päivä istumalla vastapäätä noita maagisia sinisiä silmiä ja nauravaa suuta. Hannele halusi enemmän. Hän halusi suudella tuota nauravaa suuta. Hän halusi Kristianin kuuluvan elämäänsä ihan kokonaan. Tänään hän tekisi sen. Tänään hän kysyisi, mitä Kristian oikein aikoi? Sormus ei ainakaan ollut kadonnut mihinkään miehen nimettömästä.

Jännittyneenä hän meni ruokalan pöytään istumaan. Kristian ei ollut vielä paikalla. Hannele mietti olisiko tämä viimeinen päivä, kun he olisivat ystäviä. Se tuntui aivan hirveän pahalta. Toisenlaisissa olosuhteissa Kristian olisi ollut Hannelen täydellinen kumppani, sielunkumppani. Luultavasti samanlaista kohtaamista ei tulisi pitkään aikaan, kenties ei koskaan.

Siinä tapauksessa Hannelen kohtaloksi jäisi yrittää edetä edes urallaan. Ehkä siitä saisi sisältöä elämäänsä, jos rakkaus loistaa poissaolollaan.

Kello oli vartin yli kaksitoista eikä Kristiania vieläkään näkynyt. Yleensä Hannele oli se, joka tuli myöhässä. Tämä ei ollut ollenkaan Kristianin tapaista. Hänellä ei ollut edes Kristianin puhelinnumeroa mikä todisti heidän oudosta suhteestaan. Kristian ei ollut pyytänyt Hannelen puhelinnumeroa.

Hannele alkoi kiukustua.

Hän oli syönyt ja nousi lähteäkseen, kun yksi Kristianin oppilaista riensi hänen luokseen.

- Oletko Hannele? Ainakin olet kaunis brunette upeine silminesi, poika sanoi. - Näin Kristian kuvaili sinua.

Poika hymyili huvittuneena.

- Olen Hannele.

- Kristianilla on joku tilanne päällä kotona, hän on poissa loppuviikon. Hän pyysi kertomaan sinulle. Moikka.

Poika lähti. "Tilanne kotona". Mikä tilanne? Oliko vaimo saanut tietää, että hänen miehensä lounastaa ruskeaverikön kanssa joka päivä? Vai oliko joku sairas?

Hannele palasi pettyneenä huoneeseensa. Nina ja Tomas kikattivat omassaan, ilmeisesti rauha oli palannut suhteeseen. Heidän parisuhteessaan näytti olevan intohimoa, tulta ja tappuraa. Hannele oli melkeinpä kateellinen Ninalle. Loppuviikko olisikin sitten pelkkää puurtamista, ilman päivän valopilkkua, Kristianin tapaamista.

Hannele edistyi hyvin korunsa kanssa. Sirot sormet olivat kuin luodut pikkutarkkaan työhön. Hän oli saanut opettajaltaan monia kullanarvoisia vinkkejä metallien ja jalokivien käsittelyyn. Korusta tulisi upea. Iltaisin hän kirjoitti opinnäytetyötä ja suoritti tehtäviä. Hänellä kun ei ollut Ninaa, joka tekisi ne hänen puolestaan, ajatteli Hannele kitkerästi.

Hannele pohti, tulisiko Kristian jo maanantaina töihin. Olisiko hänellä rohkeutta toteuttaa suunnitelmansa kysyä miehen aikomuksista. Omista tunteistaan hänellä ei ollut pienintäkään epäilystä. Hän kaipasi Kristiania niin paljon, että se teki melkein kipeää.

Nina porhalsi Hannelen huoneeseen perjantai-illan huuma mielessään. Nainen oli viime päivät uhkunut itsevarmuutta. Hän oli Tomasissa kiinni omistajan elkein.

- Mihin sinun ihana romeosi on kadonnut? Nina kysyi. - Olitte jo niin tiiviisti yhdessä joka päivä.

Hannelesta kysymys kuulosti ivalliselta, vaikka tuskin Nina sitä oli tarkoittanut.

- Jotain ongelmia kotona, Hannele sanoi vaisusti.

- Ja me olemme vain ystäviä.

- Ystäviäpä hyvinkin, Nina hekumoi.

Hannele toivoi, että Nina lähtisi jo pois. Tuommoinen kiusoittelu oli lapsellista ja ärsyttävää, oikeastaan jopa loukkaavaa.

- Jos romeo ei ymmärrä pitää kiinni sinusta, lähdetkö minun ja Tomasin kanssa perjantaina ulos? Sinne tulee Tomasin kavereita, ehkä sieltä löytyy sinulle joku uusi mies. Tomas on kuitenkin varattu minulle, Nina sanoi merkitsevästi.

Hannelen sisällä kiehui, mutta säilytti tyyneytensä. Hänen teki mieli huutaa Ninalle, että älä tule sitten minulle itkemään, kun Tomas pettää ja jättää, mutta ei raaskinut.

- En taida jaksaa lähteä. Pitäkää hauskaa, Hannele sai kuitenkin puserrettua ulos.

Kävellessään kotiin Hannele mietti pitäisikö tosiaan lähteä viikonloppuna ulos. Siitä oli aikaa, kun hän oli viimeksi käynyt ravintolassa. Olisiko enää ketään kaveria, jota voisi kysyä seuraksi.

Kotona hän tarttui puhelimeen ja soitti serkulleen Lauralle. He olivat olleet kavereita lapsesta saakka. Nyt Laura oli naimisissa ja hänellä oli pieni poika. Tuskin hän ehtisi hurvittelemaan hänen kanssaan, mutta samalla voisi kysyä kuulumisia, pitkästä aikaa.

- Moi Laura, häiritsenkö?

Taustalta kuului innostunutta kiljuntaa. Poika oli hereillä ja leikki.

- Et ollenkaan. Kiva kun soitit. Minun on pitänyt soittaa myös, mutta se nyt on vaan jäänyt. Mitä mielessä?

Hannele aprikoi, kehtaisiko edes kysyä pienen lapsen äidiltä, lähtisikö tämä lauantaina ulos. Tosin Lauralla oli upea mies. Pekka osasi hoitaa lasta ja kotia siinä missä Laurakin.

- No tuota, mietin että kiinnostaisiko sinua lähteä viikonloppuna syömään ja ehkä jopa tanssimaan?

- Vai että kiinnostaisiko? No totta mooses kiinnostaisi. Odotas kun kysyn Pekalta, onko hänellä mitään menoja.

Lyhyen keskustelun jälkeen Laura palasi puhelimeen.

- Nähdään lauantaina. Tanssikengät jalkaan. Mahtavaa, odotan iltaa innolla.

Hannele ilahtui, kun Laura olikin innostunut. He varasivat pöydän ravintolasta. Jotain hyvää ruokaa, ehkä viinilasillinen. Sitten baariin ja ehkä jopa tanssilattialle. Jäisi nähtäväksi, kuinka myöhään kaksikko jaksaa bailata. Molemmilla oli harjoituksen puutetta. Silti pieni irrottautuminen kotioloista teki kummallekin hyvää.

Oli jo pimeää, kun Hannele ja Laura tapasivat ravintolan edessä.

- Toivottavasti en nukahda kesken hippojen, Laura nauroi. - Tähän aikaan ollaan normaalisti jo iltapuuhissa.

Ruoka oli erinomaista. He ottivat vielä jälkiruuaksi jäätelöä ja suklaakakkua, vaikka vatsassa tuntui täydeltä alkusalaatin ja pääruuan jälkeen.

- Apua, olen aivan ähkynä, Laura voivotteli. - Nyt on pakko päästä ylös, ulos ja jalkeille, ettei vain nukkumatti tule ja vie.

He maksoivat ja lähtivät ulos ravintolasta.

- Mennään tuohon baariin juttelemaan, Laura ehdotti. - Juttu jäi kesken. Sinun piti kertoa siitä prinssi Uljaasta, kielletystä hedelmästä, mikä kiehtoo ja houkuttelee sinua aivan selvästi.

Hannele hymyili. Lauralle voi puhua aivan kaikesta. Hän oli luotettava ystävä vuosien takaa. Puhuminen toiselle selkeytti myös omia ajatuksia.

He hakivat juomat tiskiltä ja siirtyivät sivummalle,

loosiin istumaan. He eivät kaivanneet "seuraa". Humaltuneet miehet eivät ymmärtäneet ystävällistä torjuntaa vaan änkivät viereen ihan väkisin.

Hannele oli kertonut Lauralle myös Ninan ja Tomasin kummallisesta suhteesta. Molemmat olivat sitä mieltä, että suhteessa oli jotain vialla. Aika näyttää, mihin suuntaan se etenee.

- Ei voi olla totta, siinä paha missä mainitaan, ovella on Tomas. Hän on tulossa tähän samaan baariin, Hannele huudahti kauhistuneena ja syöksyi pöydän alle.

Laura ihmetteli suu auki, kun Hannele makasi penkillä, piilossa pöydän takana. Hän kääntyi ovelle ja näki tumman miehen ja punatukkaisen naisen kävelevän baaritiskille. He saivat juomat ja menivät oven lähelle istumaan. Miehen selkä oli heihin päin.

- Vaara ohi, Laura kuiskasi. - He istuvat oven vieressä.

Hannele nousi takaisin istumaan ja tunnisti Tomasin takaapäin. Hänen seurassaan olevaa naista hän sen sijaan ei tuntenut.

- No onhan tuo Tomas ihan älyttömän hyvännäköinen mies, Laura sanoi. – Ihmettelen, ettet itse tarrannut häneen. Eikä Ninakaan häviä ulkonäössä yhtään. Mikä kaunotar! Upea pari.

- Paitsi että tuo nainen ei ole Nina. En tiedä, kuka hän on.

- Ahaa… Laura sanoi. - No sitten. Miksi sinä menit piiloon? Eikö Tomas ole sinun opiskelukaverisi? Voithan sinä moikata?

- Niin, kyllä kai. En tiedä mikä vaistomainen reaktio tuo oli. Mitä se minulle kuuluu, mitä Nina ja Tomas tekevät. Olet oikeassa. Mutta en halua olla Tomasin kanssa missään tekemisissä. Luultavasti hän pyörittää useampaa naista samaan aikaan. Nina luulee olevansa ainoa, koska Tomas valehtelee hänelle päin naamaa. Se harmittaa minua.

- Unohdetaan mokoma tyyppi, Laura sanoi reippaasti. - Haen meille toiset. Lähdetään sen jälkeen tanssimaan, ainakin hetkeksi. Voi olla, että koti kutsuu ennen valomerkkiä.

Tomas ja punatukkainen nainen olivat nauttineet juomansa ja nousivat lähteäkseen. Tomas auttoi daamilleen takin ylle, mokomakin herrasmies, Hannele ajatteli kitkerästi. Äkkiä Tomas käännähti ja katsoi suoraan huoneen perälle. Hannelen ja Tomasin katseet kohtasivat. Tomas kääntyi nopeasti takaisin ja melkein työnsi daaminsa ulos ovesta. Se siitä herrasmiehestä.

- Vaara ohi. Pariskunta lähti, Hannele sanoi.

- Aiotko kertoa Ninalle? Laura kysyi.

- En, en tietenkään. Enhän minä tiedä, vaikka tuo nainen olisi hänen sisarensa...

- Vai sisko-kulta... Laura sanoi ja nauroi. Hannele sen sijaan oli hieman surullinen, joskaan ei kovin yllättynyt.

Tunnin verran he jaksoivat hyppiä tanssilattialla, mutta sitten väsymys vei voiton.

- Tullaan pian uudestaan. Syödään ensi kerralla vähemmän, Laura puuskutti.

- Sopii. Hannele oli aivan valmis lähtemään nukkumaan.

Ilta oli ollut hauska. Hannele ei katunut yhtään, että oli lähtenyt tuulettumaan. Lauralta oli tullut tukea myös siihen, että nyt pitää ottaa selville, mikä Kristian oikein oli miehiään. Jos suhde olisi tuomittu pelkkään "kädestä pitämiseen", sen voi lopettaa heti alkuunsa.

Maanantaina tämä asia ratkeaisi.

Sunnuntaina äiti soitti. Yleensä yhteyttä vain noin pidettiin kerran viikossa, ellei mitään erikoista tapahtunut. Äiti ilahtui, kun kuuli Hannelen olleen Lauran kanssa ulkona.

- Hyvä, että sinäkin liikut jossain. Elämässä pitää olla muutakin, kuin opiskelua. Törmäsitkö keneenkään potentiaaliseen mieskokelaaseen?

Hannele yritti säilyttää malttinsa, vaikka äidin jutut ärsyttivät.

- En, meillä oli hauskaa Lauran kanssa, ei siihen ketään miestä tarvittu.

- Vai niin, äiti huokaisi. - Me isän kanssa toivomme, että tulisit tänne meidän luokse jouluksi? Pääsetkö? Raaskitko jättää työt hetkeksi? Lentolippu pitää ostaa ajoissa.

Hannelen opiskeluhommat olivat hyvällä tolalla. Hän saisi korut valmiiksi kevääseen mennessä, ellei mitään ihmeellistä tapahtuisi. Eri asia sitten oli, halusiko hän Espanjaan. Hannele rakasti joulua. Kaikkea siihen liittyvää, koristeita, lauluja, kynttilöitä. Juhla ei tunnu samalta Espanjan auringossa. Hän oli viettänyt Espanjassa monta joulua ja aina kaipasi Suomen joulun harrasta tunnelmaa.

- Mietin asiaa, Hannele sanoi.

Yksinäinen joulu olisi vielä pahempi kuin joulu auringossa.

Maanantaina Hannelella oli paljon jännittämistä. Hän odotti mielenkiinnolla Tomasin reaktiota viikonlopun tapahtumiin. Sanoisiko tämä jotain vai luottaisiko Tomas siihen, että Hannele pysyy hiljaa. Entä tulisiko Kristian kouluun?

Nina oli jo luokassa, kun Hannele tuli. Ilmeestä päätellen perjantaina oli ollut hauskaa. Tänään ei itkettänyt, joten ilta lienee ollut onnistunut.

- Huomenta, Nina sanoi iloisesti. - Olisitpa tullut meidän mukaan, meillä oli huikeat bileet.

Hannele ei sanonut mitään. Hän yritti päästä pian huoneeseensa.

Nina tuli kuitenkin Hannelen perässä.

- Olin taas Tomasin luona yötä. Oli ihanaa, uskotko?

- Uskonhan minä, Hannele sanoi, kun ei muuta keksinyt.

- On aivan mahtavaa olla parisuhteessa. Kunpa sinäkin löytäisit jonkun miehen. Voitaisiin mennä juhlimaan kaikki yhdessä. Tuplatreffit.

- Aivan niin. Olitko muuten lauantainakin Tomasin luona?

Nina katsahti terävästi Hannelea.

- En. Kuinka niin? Tomasin piti mennä Helsinkiin tätinsä luo.
- Selvä, Hannele sanoi.
Tomas siis valehtelee minkä ehtii. Juuri sopivasti Tomas kurkisti huoneeseen.
- Ai täällähän sinä olet, Nina. Mitäs ne tytöt täällä supisevat, Tomas kysyi ja yritti saada äänensä kuulostamaan kepeältä. Todellisuudessa hänellä oli varmasti pelko siitä, että Hannele paljastaa hänet. Nina syöksähti Tomasin kaulaan.
- Minulla oli hirveä ikävä sinua. Kuinka tätisi voi?
- Tätini? Ai niin tätini, vähän huonosti. Joudun ehkä menemään sinne vielä uudestaankin, Tomas sanoi ja vilkaisi syrjäsilmällä Hannelea.
- Minä voin lähteä mukaan, Nina sanoi reippaasti.
- Tulen hyvin toimeen vanhojen ihmisten kanssa.
Hannele ei puuttunut keskusteluun millään lailla. Silti oli aika huvittavaa seurata Tomasin kiemurtelua.
- Ee..ehei, ei sinun tarvitse.
Hannele istui työpöydän ääreen ja toivoi, että pariskunta tajuaisi lähteä pois häiritsemästä. Hän oli tottunut tekemään tarkkuutta vaativaa tehtävää hiljaisuudessa.

Puolenpäivän aikaan Hannelen maha kurisi. Mahassa tuntui myös ylimääräistä kipristelyä jännityksestä. Olisiko Kristian paikalla?
Kristian oli jo ruokalassa kun Hannele saapui. Mies heilutti iloisena. Jostain syystä Hannele ärsyyntyi.

Mies istui pöydässä kuin mitään ei olisi tapahtunut. Nytkö sitten istutaan taas puoli vuotta lounaalla ja jutellaan. Ei käy.

- Hei, Hannele sanoi pidättyvästi istuutuessaan Kristiania vastapäätä.

- Hei, Kristian kurtisti hieman kulmiaan.

Hannele katsoi miehen silmiin ja yritti näyttää ankaralta. Harmitus alkoi kuitenkin pian sulaa. Näinkö voimaton hän oli miehen charmin edessä?

- Mitä kuuluu? Pitkästä aikaa, monta päivää ilman suloista seuraasi, Kristian sanoi pehmeällä äänellä.

- Saitko viestini, että olen poissa?

- Kyllä sain. "Tilanne päällä", sanoi poika. Hannele katsoi haastavasti Kristiania. - Mikä se sellainen tilanne oikein mahtoi olla?

Kristian hämmentyi Hannelen tiukasta reaktiosta. Hän kiemurteli tuolissaan. Näytti siltä kuin hän olisi halunnut kertoa jotain, mutta ei yksinkertaisesti tiennyt mistä aloittaa.

Hannele oli päättänyt, että tämä jäisi nyt tähän. Ei ollut mitään järkeä kiduttaa itseään ihastumalla saavuttamattomaan henkilöön. Ehkä hänellekin oli olemassa joku pitää vain etsiä. Tai olla yksin.

- Annahan kun minä autan sinut alkuun, Hannele sanoi napakasti.

Hän tarttui Kristianin vasempaan käteen ja kosketti nimettömässä olevaa sormusta. Miehellä oli lämpimät kädet ja taas Hannele harhautui sivuraiteille kuvittelemaan noiden käsien kosketusta. Kuinka ihanaa se olisikaan.

Kristian ei sanonut mitään. Se jos mikä kauhistutti entistä enemmän. Tämä oli siis tässä.

Hannele oli jo nousemassa ylös ja lähtemässä, kun Kristian sanoi: - Odota.

Kristian piti Hannelen käsistä kiinni pää painuksissa. Jos mies nyt sanoisi, että "vaimoni ei ymmärrä minua", Hannele olisi todella pettynyt.

- Mennään minun huoneeseeni, Kristian sanoi.

- Voidaan puhua rauhassa, minulla on sinulle kerrottavaa.

Kerrottavaa? Niinpä niin. Sen Hannele oli jo arvannutkin.

He kulkivat hiljaisina yläkertaan missä opettajien omat huoneet olivat. Huoneessa oli pieni sohva, mihin he istuivat vierekkäin. Kristian otti jälleen Hannelen kädet käsiinsä ja katsoi häntä silmiin. Hiukset olivat vallattomasti, mikä näytti hurmaavalta.

- Hannele, minä pidän sinusta. Paljon. Huomasin sinut heti ensimmäisenä päivänä kun tulit syömään. Olet hyvin kaunis. Paitsi kaunis, olet myös ihastuttava ihminen. Siksi halusin ja haluaisin tutustua sinuun.

Tutustua? Hannele oli valmis seurustelemaan, menemään naimisiin ja hankkimaan liudan lapsia tämän miehen kanssa. Ja tämä haluaa "tutustua".

- Mutta... Kristian aloitti.

Mutta? Hannele odotti kiihkeästi mitä pahaenteisen "mutta –sanan jälkeen kuuluisi.

- Mutta minulla on lapsi.

Hannele katsoi Kristiania kysyvästi odottaen jatkoa.

48

Eikö tämä tosiaan aikonut mainita vaimosta mitään?
- Niin? Sinulla on lapsi.
- Minulla on lapsi. Pieni tyttö, Sanni. Täyttää joulu-
na 3 vuotta.
Kristianin suu suli hymyyn hänen mainitessaan San-
nin. Oli selvää että isä rakasti tytärtään yli kaiken.
- Sanni. Sehän on hienoa. Onneksi olkoon, Hannele
sanoi ja vilpittömästi tarkoitti sitä.
Mutta luuliko Kristian tosiaan, että Sannin avulla
pehmittäisi Hannelen rakastajattarekseen? Ei kuuna
päivänä.
- Eikös sinulta nyt unohtunut jotain?
Kristian katsoi kysyvänä Hannelea kirkkain silmin,
hymyssä suin. Hän näytti siltä, että oli saanut painoa
kevennettyä sydämeltään.
- Vaimo? Sormus? Lapsen äiti? Hannele melkein
huusi.
Oli kuin synkkä pilvi olisi pyyhkäissyt Kristianin
yli. Hänen kasvonsa kalpenivat ja suru tuli sinisten
silmien iloisen välkkeen tilalle.
Kristian karaisi kurkkuaan. - Vaimoni on kuollut.
Hannele hätkähti. Tätä hän ei ollut odottanut. Yht-
äkkiä hän ei tiennyt, miten olla, mitä sanoa. Hannele
tunsi itsensä totaaliseksi idiootiksi, kun oli kovistel-
lut Kristiania ja epäillyt häntä pettäjäksi.
- Olen pahoillani. Olen todella, todella pahoillani.
He istuivat hiljaa. Hannele odotti, että Kristian saa
kerättyä itsensä kasaan jatkaakseen.
- Vaimoni menehtyi jo yli kaksi vuotta sitten. Ve-
renmyrkytys. Kuolema tuli muutamassa päivässä.

Sanni oli vasta pieni vauva. Se oli aivan järkyttävä shokki. Halusin kuolla itsekin. Sannin takia oli kuitenkin pakko jaksaa. Isovanhemmat ovat olleet meidän apuna koko ajan. Toivon vaan, ettei Sannille ole jäänyt mitään traumoja. Hän on kasvanut ilman äitiä.

- Entä se nainen, joka toi Sannin koululle, lipsahti Hannelelta.

- Ai sinä siis tiesit Sannista? Kristian huudahti.

- Etkä sanonut mitään?

- Et sinäkään sanonut.

- Nainen on Pirkko, Sannin päivähoitaja. - Joskus he kävelevät minua vastaan, kun se sopii heidän aikatauluihinsa. Pirkko on mahtava hoitaja. Hänen ansiostaan pystyn käymään taas töissä. Olin poissa puolitoista vuotta. En pystynyt jättämään Sannia silmistäni hetkeksikään.

- Olisit voinut kertoa, Hannele sanoi hiljaa.

Kristian huokaisi.

- Taidan olla pelkuri. En uskaltanut ottaa sitä riskiä, että pelästyt ja katoat. Etkä haluaisi enää nähdä edes lounaalla. En mitenkään pysty tarjoamaan samaa mitä perheetön poikamies, bileitä, matkoja, ravintolailtoja. Kouluhan on täynnä hyvännäköisiä, mukavia kavereita. Varmasti jokainen heistä haluaa sinut. Miksi kaunis nuori nainen haluaisi olla jonkun "isän" kanssa… Sitä minä pelkäsin. Tämä oli ensimmäinen kerta Marin kuoleman jälkeen, kun yksikään nainen sai minut syttymään, siis todella heräämään eloon. Olin aivan myyty ensimmäisestä katseesta alkaen. Olet aivan ihana nainen, Hannele.

Hannele ei kestänyt enää vaan suuteli Kristiania. Se tuntui äkkiä maailman luonnollisimmalta asialta. Kristian vastasi suudelmaan. Suudelma jatkui ja jatkui, tunnelma alkoi olla jo hiukan liiankin kiihkeä.

- Sori, sori, siitä on kauan kun olen saanut suudella kaunista naista. Taisin hiukan innostua, Kristian sanoi nolona.

- Hyvin taidot ovat pysyneet hyppysissä, Hannele huoahti.

Hannelen posket punottivat. Jos he eivät olisi olleet koulussa, opettajan huoneessa, minne kuka tahansa oppilas voi ilmestyä milloin vain, kuka tietää, mitä olisi tapahtunut. Hannele toivoi, että olisi tapahtunut.

- Aivan. Melkein pääsi unohtumaan aika ja paikka, Hannelekin naurahti.

He nousivat sohvalta hieman hämillään tapahtuneesta.

- Nyt sitten tiedät tilanteeni, Kristian sanoi. - Jos tällainen isämies ei sovi elämäntilanteeseesi, ymmärrän kyllä. Mutta olen kyllä hiton pettynyt, jos ei sovi, Kristian sanoi ja nosti Hannelen ilmaan.

He nauroivat. Kristian kelpasi Hannelelle juuri sellaisena kuin oli.

Ruokalassa ei ollut enää ketään, kun he lopulta palasivat syömään. Lounasaika oli loppumassa, mutta ruokaa oli vielä jäljellä. He söivät ja palasivat kumpikin omiin töihinsä.

- Nähdään, pian, Kristian sanoi.

- Nähdään, sanoi Hannele, eikä voinut peittää hymyään palatessaan työhuoneelle.

Aki oli sillä välin tullut koululle. Hän puhisi jonkun kaulakorun kimpussa. Hannele erotti muutamia kirosanoja puhinan keskeltä. Aki ponnisteli kovasti, mutta pikkutarkka askartelu ei vain onnistunut ikämieheltä kovin hyvin.

- Hannele, luojan kiitos, että tulit, auta hyvä ihminen, auta.

Hannelea nauratti. Nyt Aki kyllä liioitteli. Ei Aki niin huono ollut. Kiinnostuksen kohteet vain olivat muualla kuin korujen valmistuksessa.

- Hyvinhän tuo näyttää sinulta sujuvan. Autatko sinä minua? Minulla on kuvat kivistä, jotka aion laittaa kilpailutyöhön. Voisit olla makutuomarina.

- Luotan sinun makuusi täydellisesti, Aki sanoi.

- Perintökorusikin sait korjattua todella upeaksi.

Hannele hipaisi kaulassaan olevaa riipusta. Siitä oli tullut kaunis. Moderni ja kiinnostava.

Aki ja Hannele uppoutuivat upeisiin jalokiviin.

- Isäsi oli kaukaa viisas, kun jätti nuo arvokkaat jalokivet ja kultaa sinulle, vaikka myi kaupan.

- Isälle oli kova paikka myydä elämäntyönsä. Onneksi hän ei tiedä, että Tomasin kaltainen pyrkyri hallitsee nyt hänen omaisuuttaan. Toivottavasti Tomas ei saa koskaan tietää, että se oli meidän kauppa.

Aki ei sanonut mitään. Hän huomasi että aihe oli arka Hannelelle. Tunnelmaa keventääkseen Aki sanoi rempseästi: - Minun kauppaani sinä olet tervetullut töihin koska vaan. Itse asiassa haluaisin option sinun töihisi. Tehdäänkö paperit heti?

- Kiitos luottamuksesta. Mietin asiaa ja pidän tarjouksesi mielessä.

Hannele hymyili. Kultainen Aki. Hannele oli kiitollinen tarjouksesta, mutta jos Akilla oli pari pikku liikettä jossain maakunnissa, Hannele kurkotti korkeammalle. Hän toivoi saavansa suunnitella koruja isolle ketjulle, sekä tehdä uniikkeja tuotteita yksittäisille maksukykyisille ostajille. Mutta ellei unelmat toteudu, kaikista mieluummin Hannele menisi sitten Akille töihin.

Aki oli jo lähtenyt. Hannele oli vielä työn touhussa, kun oveen koputettiin.

- Täällä sinä siis teet taikojasi, Kristian hymyili ja näytti Hannelen mielestä syötävän hyvältä.

Hannele nousi, painoi oven takanaan kiinni ja suuteli Kristiania.

- Mmm...Oikein mukava vastaanotto, Kristian sai sanottua. - Tulen ilman muuta toistekin, hän hymyili. - Nyt minun on mentävä. Sanni odottaa. Heippa.

Ja mies oli poissa.

Tätäkö suhde yksinhuoltajaisän kanssa olisi? Salaisia suudelmia, hätäisiä syleilyjä. Kai nyt sentään muutakin? Hannele oli hieman pettynyt, mutta vain siksi, koska tunsi niin suurta vetovoimaa Kristiania kohtaan. Heidän tuttavuuttaan ei vielä voinut edes sanoa parisuhteeksi. Se voisi joskus kehkeytyä sellaiseksi. Nyt kun Hannele tunsi reunaehdot, hän ymmärsi, ettei siitä tulisi helppoa. Hän joutuisi joustamaan paljon. Pieni Sanni olisi aina Kristianin ykköstyttö.

Hannelella ei kuitenkaan ollut kiire mihinkään. Katsotaan, mihin tämä kaikki johtaa. Ehkä joku päivä hän saisi tavata Sannin. Entä jos Sanni ei pidä hänestä? Silloin minkäänlaisella suhteella ei ole tulevaisuutta. Pieni huolenhäivähdys sai Hannelen kurtistamaan otsaansa.

4

Pieniä tapaamisia ja suuria kohtaamisia

Vaikka Kristian kovasti yritti järjestää aikaa Hannelen tapaamiseen, ei sellaista näyttänyt löytyvän sitten millään. Sannille tuli flunssa, josta kehkeytyi korvatulehdus. Kristian oli pari päivää poissa töistä. Ja kun tuli sitten töihin hänellä oli kiire katsomaan sairasta lastaan. Lopuksi Kristian sairastui itse ja sai keuhkoputkentulehduksen. Pimeä syksy näytti entistä pimeämmältä ilman Kristianin aurinkoisia kasvoja. Hannelelle ei jäänyt muuta vaihtoehtoa kuin keskittyä opiskeluun.

Nina oli yrittänyt urkkia, mitä Hannelen ja Kristianin välillä oikein oli. Hannelella ei ollut mitään sanottavaa, koska heidän välillään ei ollut toistaiseksi mitään, paria suudelmaa lukuun ottamatta.

Kauan Nina ei jaksanut Hannelen asioista kiinnostua, koska hänellä ja Tomasilla meni niin hyvin. Suhde oli Ninan tulkinnan mukaan intohimoinen. Nina oli joka perjantai Tomasin luona yötä. Lauantaina Tomas oli kuulemma tädillään. Arkisin Nina paiski hommia kahden edestä, koska myös Tomasin koulutehtävät oli hänen kontollaan. Tomas odotti osaa opintopisteistä jo jouluksi. Nina saisi pistää hihat heilumaan, että se onnistuisi.

Hannele oli sentään saanut Kristianin puhelinnumeron, joten he voivat nyt soitella ja viestitellä. Tosin joskus Kristianin vastaus tuli vasta tunnin, parin päästä, jos kotona oli taas "tilanne päällä".

Eräänä iltana Kristianilta tuli viesti. *"Kerroin tänään vanhemmilleni että olen tavannut ihanan tytön"* .

Hannele luki viestin ja häntä alkoi kuumottaa. Kristian taisi sittenkin olla tosissaan. Hän mietti, mitä tuohon pitäisi vastata. Hän taisi miettiä liian kauan, kun pian Kristianilta tuli uusi viesti. *"En kai pelästyttänyt sinua?"* Ja surunaama.

Hannele vastasi ,että "pystytkö *puhumaan, jos soitan?"* Kristian vastasi, että Sanni on menossa nukkumaan, mutta viimeistään tunnin päästä pitäisi olla rauha maassa. Kristian lupasi soittaa heti, kun pääsisi puhelimeen. *"Toivottavasti tuo ei ole paha enne"*, hän vielä tekstasi.

Puolen tunnin päästä puhelin soi. Iltatoimet olivat sujuneet rivakasti, Sanni oli uupunut päivän touhuista. Uni oli tullut heti.

- Oliko liian varhaista kertoa meistä? Kristian kysyi ja kuulosti hieman hätääntyneeltä.

He olivat pitäneet suhteensa salassa koulussa. Satunnaiset tapaamiset lounaalla eivät vielä kertoneet mistään muusta kuin ystävyydestä. Hannele oli kertonut Kristianista Lauralle, koska jollekin oli pakko saada sanoa tai hän pakahtuisi. Omille vanhemmilleen Hannele ei ollut puhunut, joulukin oli vielä epävarma. Kaikki oli niin alussa ja jotenkin vaikeaa, että Hannele ei oikein tiennyt, missä mennään.

- Ei… eipä kai, vaikka Hannele empi että oliko edes mitään kerrottavaa. - Mitä vanhempasi sanoivat?

- He olivat iloisia. He pelkäsivät, että en enää koskaan löytäisi ketään. Itse asiassa, he haluaisivat tavata sinut.

- No, mietitään sitä nyt rauhassa… Hannele toppuutteli. - Eikö minun pitäisi ensin tavata Sanni?

Hannele pelkäsi aivan hirveästi, että heillä ei synkkaakaan Sannin kanssa. Hänellä ei ollut minkäänlaista kokemusta lastenhoidosta. Hän ei ollut hoitanut edes Lauran poikaa vaikka oli tämän kummitäti. Jospa hänestä ei olekaan äitipuoleksi? Oikeastaan Hannele ei edes halunnut olla mikään äiti. Sannilla oli jo äiti. Sanni vihaa häntä ja pian Kristian alkaa vihata häntä ja kaikki on loppu.

- Totta tuokin. Meidän täytyy järjestää tapaaminen mahdollisimman pian, sitten kun sinulla on aikaa. Meillä Sannin kanssa on kalenterissa vapaata joka ilta ja joka viikonloppu.

- Jospa lauantaina sitten? Hannele ehdotti rohkeasti.

- Oletteko terveitä siihen mennessä?

- Varmasti olen, jos palkintona on päästä lähellesi. Nähdään silloin.

Hannele tunsi lievää pakokauhua. Nyt sitä mennään, eikä paluuta ole. Paitsi jos kaikki tyssää ensimmäi-

seen kohtaamiseen. Tytär inhoaa isän uutta naisystä-
vää ja osoittaa sen hyvin selvästi. Tuskin heidän
siinä tapauksessa kannattaisi jatkaa lounastapaamisia
ja hätäisiä pussailuja luokassa. Lauantaina se nähtäisiin. Siitä tulisi jännittävä päivä.

Hannele oli soittanut Lauralle ja kysynyt mitä pari-
vuotiaalle tytölle voisi viedä tuliaiseksi?
- Että tämä ihastuisi isän tyttöystävään ja haluaisi
elää tämän kanssa onnellisena elämänsä loppuun
saakka, Hannele lisäsi.
- No ei sinulla olekaan suuret toiveet, nauroi Laura.
- Älä kysy minulta. Minä en tiedä. En itse tiennyt
vauvoista yhtään mitään ennen kuin saimme oman.
Kauhistutti, kun antoivat käärön käsivarsille. Puhu-
mattakaan siitä että saimme lähteä kotiin sen kanssa
ilman valvontaa... Jotenkin se siitä lähti lutviutu-
maan. Ihan varmasti myös sinulla.
Hannele ei ollut siitä ollenkaan varma.
Koska Hannele ei tiennyt Sannista mitään, hän osti
kaupasta leikkilääkärilaukun. Siitä hän piti itse lap-
sena. Lisäksi Hannele löysi varastoistaan kauniin
kaulakorun, joka ei ollut rahallisesti arvokas, mutta
hyvin kaunis ja pienelle tytölle suunniteltu kirk-
kaanpunainen helminauha.
Jos tämä nyt menisi pieleen, niin ei voi mitään. Ehkä
Sanni onkin poikamainen vilpertti, joka leikkii vain
autoilla ja supersankarihahmoilla.
Lauantaina Hannele oli kuin tulisilla hiilillä. He oli-
vat sopineet Kristianin kanssa, että hän menisi hei-

57

dän kotiinsa jo ennen kymmentä. He ehtisivät olla hetken kaikki yhdessä, ennen kuin oli aika syödä ja mennä päiväunille.

- Päiväunet tekevät hyvää myös aikuisille, Kristian oli sanonut puhelimessa.

Hannele mietti pitäisikö perua koko tapaaminen. Hän ei muistanut, milloin häntä olisi jännittänyt näin paljon. Tämä olisi ensimmäinen kerta, kun he olisivat oikeasti treffeillä Kristianin kanssa. Ja Sanni…

Puoli kymmeneltä Hannele lähti kävelemään Kristianin kotia kohti. Hän oli selvittänyt kartasta, minne suuntaan piti lähteä. Kristianilla oli omakotitalo lähellä keskustaa. Ainakin Google Mapsin kesäkuvassa talo näytti mukavalta, pienen puutarhan ympäröimältä kodilta.

Hannele hidasti askeliaan, kun alkoi lähestyä oikeaa osoitetta. Mitä hän oli tekemässä? Hän seisahtui tien poskeen. Vielä ehtisi kääntyä kannoillaan.

- Hannele, Hannele hoi, kuului ääni takaa. - Tule tänne, Kristian viittilöi leikkipuistosta.

Hannele heilutti. Nyt ei ollut enää pakotietä. Syteen tai saveen…

- Hei, sielläkö te olette? Hannele asteli reippaasti, vaikka jalat olivat hyytelöä.

Kristian harppoi häntä vastaan ja suuteli estoitta, vaikka puistossa oli muitakin lapsia ja vanhempia.

Hannele oli hämillään, mutta ilahtui lämpimästä vastaanotosta.

- Sanni, tässä on Hannele.

58

Punaposkinen Sanni kohotti katsettaan ja hymyili. Tytöllä oli hymykuoppa samassa paikassa kuin isällään.

- Moi.

Tyttö jatkoi leikkiään hiekkalaatikolla.

Kristian otti Hannelen käden käteensä.

- Mahtavaa, kun minullakin on nyt oma kaveri leikkipuistossa, Kristian sanoi. - Kiva kaveri onkin.

Hannelea hieman nolostutti julkiset hellyydenosoitukset, mutta Kristian oli aivan aseista riisuva leikkisällä pelleilyllään.

Hannele epäili, että ainakin joku yksinhuoltajaäiti olisi voinut kokeilla onneaan hiekkalaatikolla yksin seisovan komistuksen suhteen.

- Lähdetään kotiin. Kerätään, Sanni, lelut kasaan, Kristian sanoi hetken päästä.

Sanni ei vastustellut. He lähtivät köpöttelemään Sannin tahdissa. Talo oli aivan leikkipuiston vieressä. Valkotiilinen talo oli sievä. Yhdessä tasossa olevat huoneet varmasti helpottivat elämää lapsen kanssa. Suuri eteinen oli hyvä, kun kuraiselta lapselta piti saada vaatteet pois.

- Pidän sinulle talon esittelyn, kun ollaan syöty, Kristian sanoi.

Uunissa oli ruoka hautumassa. Tämä nuori isä oli tosiaan ammattilainen lastenhoidossa. Ruoka oli valmiina, kun lapsi tulee nälkäisenä ulkoa. Syömään, pisulle, pesulle ja nukkumaan. Rutiinit oli hallussa, Hannele nosti hattua.

Ennen ruokaa Hannele kuitenkin antoi Sannille hä-

nen tuomansa lahjat. Sanni tutki tarkasti kaulakorua.
- Ihi, ihi. Sanni meni korun kanssa Kristianin luo ja
Kristian laittoi korun tytön kaulaan.
Leveä hymy levisi pienen tytön kasvoille. Hän meni
toisen paketin luo ja löysi kääreestä lääkärin tarvik-
keet. Sanni toi laukun Hannelelle. Hannele näytti,
miten kuunnellaan sydäntä, laitetaan laastari ja mita-
taan leikisti kuumetta.
- Olitko sinäkin kipeä? Korva kipeä, Hannele kysyi
Sannilta.
- Joo, Sannin suu meni mutruun.
- Tulkaa syömään. Leikitään sitten päiväunien jäl-
keen lisää.
Hannele nousi lattialta ja Kristian kohteliaasti auttoi
hänet pöytään. Samalla hän otti Hannelen hartioista
lempeästi kiinni ja kuiskasi Hannelen korvaan: Ja
me leikitään sitten lääkärileikkejä sinun kanssasi…
Hannele punastui ja vilkaisi Sanniin. Sanni kuitenkin
kauhoi jo ruokaa suuhunsa, minkä ehti. Kolmasosa
tippui lattialle ja pöydälle, mutta suurin osa meni
aivan oikeaan paikkaan.

Ruuan jälkeen Kristian vei Sannin sänkyyn.
- Moi, moi, Annele, sanoi Sanni.
Hannele jäi odottamaan olohuoneeseen. Hän katseli
ympärilleen. Olohuoneessa oli perinteinen sisustus,
kulmasohva, suuri tv, mutta sen lisäksi oli muutamia
erikoisia ja hyvin kauniita puuesineitä. Upeita hylly-
jä, lipastoja ja jopa lampunvarjostin. Tyylikkäitä ja

hyvällä maulla tehtyjä. Ei mitään puolivillaisia veistotöitä. Talon isäntä oli todellakin ammattimies.

Pian Kristian palasikin Sannin huoneesta.

- No niin, tulepas tänne. Esittelen sinulle taloa, kuten lupasin.

Kristian veti Hannelen ylös sohvalta.

- Tuossa on keittiö, siellä me äsken syötiin, tässä on olohuone ja tuolla Sannin huone.

Kristian johdatti Hannelen viimeiseen huoneeseen.

- Ja paras viimeiseksi: tässä on minun makuuhuoneeni. Tässä sängyssä me kaksi otamme päiväunet, kun Sanni nukkuu.

Kristian johdatti Hannelen sängylle. Hannele tuli Kristianin viereen ja katsoi miehen sinisiin silmiin, jotka hämärässä näyttivät tummemmilta kuin yleensä. Kristian ei tuhlannut aikaa vaan alkoi suudella Hannelen suuta, kaulaa, kasvoja. Se kaikki oli Hannelen mielestä kuin unta, ihanaa unta. Hän unohti koulun, Sannin, vanhemmat, jalokivet, kaiken. Hän eli hetkessä. Ja tässä hetkessä ei ollut muita kuin he kaksi.

Hannele heräsi Kristianin sängystä, yksin.

- Siis olen kuitenkin nukahtanut, peeveli sentään, hän manasi itseään. Onpa noloa.

Onneksi huoneen ovi oli kiinni, sillä hänellä ei ollut vaatteita. Ulkopuolelta kuului jo Sannin iloinen ääni.

- No voi hiton hittojen hitto, jupisi Hannele ja alkoi pukea vaatteita päälleen.

Arastellen Hannele avasi huoneen oven.

- Annele, Annele… Sanni juoksi häntä vastaan.
Kristian tuli perässä ja antoi suukon.
- Minähän sanoin, että meillä nukutaan päiväunet.
- Olisit herättänyt…
- Älä nyt hulluja puhu. En tietenkään herätä nukku-
vaa kaunista naista, kun kerrankin olen sellaisen
saanut jollain ihmeen kaupalla houkuteltua sänkyy-
ni, Kristian ilmeili.
Hannele pakeni vessaan ja katsoi itseään peilistä.
Posket punottivat ja tukka oli sekaisin. Hän hymyili.
Mahtavat päiväunet. Tuollaisia en ole vielä koskaan
nukkunutkaan, mietti Hannele.
Kello oli jo kohta kolme. Ilta alkoi taas pimentyä.
Syksy on kauheaa aikaa, tuumi Hannele. Onneksi
pian saa alkaa odottaa joulua. Se tuo jotain lohtua
tähän synkkään säähän.
- Keitin meille kahvit, Kristian sanoi. - Sanni söi jo
välipalan. Mikä sinua noin nukutti?
- En minä tiedä, Hannele vaikeroi ja painoi pään
käsiinsä. - Hirveän noloa. Ehkä minua jännitti ja
nukuin viime yön huonosti.
- Älä nyt, ei se ole yhtään noloa. Minä ainakin nau-
tin meidän päikkäreistä kovasti, Kristian sanoi ja sai
sen jotenkin kuulostamaan aivan normaalilta.
He istuivat vierekkäin. Sanni leikki uudella lääkärin-
laukullaan ja kaulakoru oli laitettu unien jälkeen
takaisin kaulaan.
Kristian kuiskasi Hannelen korvaan: - Ei kai sinua
haitannut, että kävin niin suorasukaisesti kimppuusi
tuolla makuuhuoneessa? Minulla taitaa olla harjoi-

tuksenpuutetta.

Pelkkä Kristianin kuiskaus korvaan sai jo Hannelen värisemään.

- Ei, se oli ihanaa, Hannele kuiskasi takaisin.

- Isän oma aika on kortilla, täytyy käyttää hyväkseen joka ikinen tilaisuus, pienikin hetki, Kristian kuiskasi taas ja kosketti kielellään Hannelen korvaa.

- Lopeta... Hannele naurahti, vaikka oikeasti olisi halunnut Kristianin jatkavan.

Nyt ei ollut kuitenkaan oikea aika eikä paikka.

He menivät lattialle leikkimään Sannin kanssa. Leikit sujuivat Hannelelta hyvin, vaikka hän oli pelännyt etukäteen, ettei pärjäisi. Tyttö kikatteli ihastuksissaan, kun isä kuunteli vuoroin Sannin ja vuoroin Hannelen sydäntä. Kenties Hannelen sydäntä vielä hiukan tarkemmin...

Viiden jälkeen Hannele nousi lähteäkseen.

- Me tullaan Sannin kanssa saattamaan, ainakin vähän matkaa. Eikö niin, Sanni?

- Se olisi mukavaa, Hannele sanoi.

He kävelivät käsi kädessä katuvalojen kelmeässä valossa. Pimeä syksy ei ollut enää niin ankea, kun hänellä oli käsi, josta pitää kiinni. Puolessa välissä Kristianin oli pakko kääntyä takaisin. Sanni alkoi väsyä. Kristian laittoi hänet rattaisiin.

- Tulisitteko te huomenna minun luokseni? Hannele kysyi ja jännitti vastausta.

Oli vaikeaa erota, vaikka he olivat olleet yhdessä vain vähän aikaa.

63

- Sopiihan se, Kristian sanoi ja antoi suukon. Ja toisen. Ja kolmannen. - Mutta nyt on pakko mennä.

Hannele jatkoi lopun matkan yksin, kevein askelin. Tämä oli ollut onnistunut, ihana päivä. Sannin kanssa oli mennyt hyvin, tyttö oli ollut hyvällä tuulella. Epäilemättä pahempiakin päiviä oli, mutta kaiken kaikkiaan Sanni oli ihastuttava pieni tyttö. Soma kuin mikä. Ja Kristian… Hannele ei ollut kuvitellutkaan, että päivään mahtuisi tuollainenkin yllätys kuin "päiväunet". Kristian sen sijaan näytti suunnitelleen päivän aikataulun hyvinkin tarkkaan. Mies tiesi mitä teki. Ja Hannele kun oli luullut että Kristian halusi vain pitää vain kädestä. Ei, ei suinkaan. Hannelea kuumotti hänen muistellessaan miehen kosketusta vartalollaan. Toivottavasti tulee vielä paljon samanlaisia kohtaamisia.

Sunnuntaina oli Hannelen vuoro odottaa vieraita. Hän oli hakenut kaupasta Sannille välipalaa, Muumi –keksejä ja jopa pullaa. Maitoa ja tuoremehua. Yleensä hänen jääkaappinsa ammotti tyhjyyttään. Leipää, juustoa ja valmisruokia, siinä oli hänen ankea ruokavalionsa. Koulun lounas oli ainoa kunnon ateria, minkä hän söi.
Kristian oli luvannut tulla iltapäivällä. Aamulla Hannele yritti keskittyä vielä koulutehtäviin, mutta hän oli liian jännittynyt, että siitä olisi tullut yhtään mitään. Päivä mateli. Vihdoin Hannele näki ikkunasta tuttujen hahmojen lähestyvän.
- Moi, hei, tervetuloa, Hannele heilutteli ovella.

64

Kristian otti Sannin syliinsä ja he astuivat ovesta sisälle. Ihan ensiksi Kristian suukotti Hannelea, myös Sanni antoi pusuja heille molemmille. Sannilla oli kaunis mekko yllään.

- Sinä asut sitten tällaisessa prinsessalinnassa… melkoinen talo, Kristian sanoi hieman hämillään.
- Tämä on vanhempieni talo. Olen vain talonmiehenä, kun he ovat Espanjassa.
- Ahaa. Koska he tulevat takaisin? Kristian kysyi ja pälyili ympärilleen kuin odottaisi heidän putkahtavan esiin jostain nurkan takaa hetkellä millä hyvänsä.
- Ehkä ensi kesänä tulevat käymään, jos silloinkaan, Hannele sanoi kuin ohimennen.
- Onko sinulla oma asunto jossain?
- En ole vielä ehtinyt hankkia… Hannele sanoi ja yhtäkkiä häntä hävetti. Lähes kolmekymppinen aikuinen nainen asuu edelleen vanhempiensa luona. Järjestely sopi kuitenkin kaikille. Taloa ei tarvinnut myydä ja Hannelella oli paikka missä olla.
- Eli sinä olet ihan yksin tässä valtavassa talossa. Eikö sinua koskaan pelota?
- No ei, paitsi nyt kun sanoit, Hannele moitti. - Talossa on kyllä melko hyvä turvasysteemi. Painan vain nappia, jos joku rosvo yrittää sisään.

Sanni oli lähtenyt jo tutkimaan paikkoja. Pian kävi varsin selväksi ,että talo ei ollut läheskään turvallinen parivuotiaalle. Tai oikeastaan, talo ei ollut turvassa parivuotiaalta… Hyllyt olivat täynnä lasiesineitä ja kaiken maailman kynttilänjalkoja. Kultasepänliikkeen varastoja nekin.

Kristian juoksi Sannin perässä ja yritti parhaansa mukaan suojata esineitä.

- Onko tässä talossa mitään paikkaa, missä ei olisi näin paljon särkyviä esineitä näkyvillä, Kristian huudahti jo lähes tuskaisena.

Hannele tunsi itsensä hölmöksi. Ei hän tullut ajatelleeksi, että taaperoa kiinnostaisi kaikki käden ulottuvilla oleva. Olisi pitänyt hakea leluja näkösälle.

- On täällä yksi paikka, Hannelelle välähti ajatus.

- Tulkaa perässä.

He marssivat olohuoneen läpi eteiseen. Huoneen perällä oli jyrkät kierreportaat alaspäin.

- Otatko Kristian Sannin syliin, portaat ovat aika jyrkät.

Hannele meni edellä ja Kristian tuli varovasti perässä tyttö sylissään. He tulivat alakerran isoon eteiseen. Valot syttyivät automaattisesti.

- Että, että, kiljui Sanni eikä tahtonut pysyä nahoissaan.

Alakerran tila oli upea. Siellä oli saunan lisäksi poreallas ja pieni keittiö. Myös jääkaappi ja baari.

- No ohhoh! Kristian vain tuijotti. - Ja sinä asustelet täällä itseksesi. Ettet vain pitäisi bileitä kaiket illat…

Kristian yritti näyttää ankaralta.

- Kunpa pitäisinkin, Hannele sanoi. - Mitäs sanotte, jos mennään saunaan ja uimaan?

Sanni sätki jo siihen malliin, että hänen vastauksensa oli selvä.

- Minulle ei tullut speedoja mukaan, Kristian sanoi

66

vihjailevasti. - Täytyy varmaan vetää sitten ihan vaan kommandona.

- Ei tarvitse, Hannele nauroi. - Kaapissa on uikkareita joka kokoon. Varmaan Sannillekin voisi löytyä vauvauikkarit, jos vaan mahtuvat. Laitan saunan päälle. Palju on jo lämmin.

Hannele heitteli kaapista vaatteita, Kristian tutki, löytyykö sopivia.

- Käyn yläkerrassa pesemässä meikit pois, Hannele sanoi. - Tälläydyin sitten ihan turhaan...

Kristian nousi ylös.

- Etkä tälläytynyt, näytät upealta, kuten aina. Tällättynä tai ei.

- Minulla on uikkarit yläkerrassa. Saatte rauhassa pukea täällä. Tulen kohta. Jääkaapissa on juotavaa. Siellä pitäisi olla mehuakin. Lauran pikkupoika on ollut täällä välillä käymässä.

Kun Hannele palasi, molskinta kuului jo portaiden yläpäähän asti. Sanni kiljahteli riemusta ja Kristian nauroi ja uitti lastaan vedessä. Hannele pysähtyi hetkeksi katsomaan heitä. Parivaljakko näytti täydellisen onnelliselta siinä hetkessä. Isä ja tytär olivat olleet lähes aina kahdestaan, olosuhteiden pakosta. Hannele mietti, onko siihen mukaan edes mahdollista kenenkään kolmannen yrittää.

- Tulepas tänne veteen sieltä, prinsessa, Kristian oli huomannut Hannelen. - Me Sannin kanssa näytetään kuinka vesipedot jyrää!

Hannele naurahti ja astui paljuun. Kristian tuli viereen istumaan. Sanni polski hänen sylissään.

- Kiitos, että järjestit meille tällaisen yllätyksen, Kristian sanoi.

Kristianin hiukset olivat märät ja hymy korvissa. Kirkkaassa valossa silmät olivat sinisemmät kuin koskaan. Hannele tunsi olonsa turvalliseksi miehen seurassa.

Sanni halusi vuorostaan Hannelen syliin ja polskinta jatkui. Lähes tunnin kylpemisen jälkeen oli aika lopettaa. Sanni oli asiasta eri mieltä, vaikka väsymys ja nälkä alkoi painaa. Tyttö saikin kiukkukohtauksen.

- Nyt näet sitten tämänkin puolen… Kristian sanoi anteeksipyytävästi ja yritti tyynnytellä tyttöä.

He menivät yläkertaan. Hannele laittoi pöytään tarjolle kaikki mitä hänellä oli.

- Onko siinä mitään sopivaa… hän kysyi huolissaan.

Ruoka näytti kuitenkin maistuvan ja hyvä tuuli parani.

Sanni oli taas valmis touhuihin. Kristian ajatteli jo kauhulla mellastusta olohuoneen lasihyllyjen keskellä. Hannelekin tunsi velvollisuudekseen suojella äidin ja isän arvokkaita kristalleja.

- Mennään yläkertaan. Siellä voisi olla jotain kiinnostavaa, Hannele sanoi.

He nousivat leveitä rappusia ylös. Portaiden päässä oli suuri aulatila ja kolme huonetta. Hannele meni keskimmäiseen.

- Tämä on minun vanha huoneeni. Ja ennen kuin sanot mitään… minä en nuku täällä enää!

Huone oli selvästi pienen tytön huone. Sängyssä oli

vaaleanpunainen verhokatos. Kirjahyllyssä oli kirjojen lisäksi pehmoeläimiä. Nurkassa oli nukenvaunut. Mikä aarreaitta pienelle tytölle. Sanni alkoi heti tutkia tavaroita.

- Oi mikä prinsessan huone, sanoi Kristian huvittuneena.

- Tämä jäi tällaiseksi. Vaihdoin yläasteella tuonne perimmäiseen huoneeseen ja tyyli muuttui lähes askeettiseksi. Huoneessa ei ole mitään ylimääräistä.

- Teini - Hannele... Olitko kapinallinen?

- En, en koskaan. Kiltti tyttö. Tietenkin vanhemmat, varsinkin äiti ärsyttää ajoittain. Minulla ei ole sisaruksia. Asiasta ei puhuta, mutta olen ymmärtänyt, ettei minunkaan maailmaan tuloni ollut helpoimmasta päästä, Hannele sanoi. - Ehkä siksi vanhempani halusivat vähän hemmotella minua. Tai en tiedä onko "hemmotella" oikea sana. No, ehkä se on.

Kristian halasi Hannelea. Sanni oli keskittynyt hoitamaan nukkea, joten pieneen yhteiseen tuokioon oli tilaisuus. Hannele esitteli Kristianille loput huoneet.

- Tuo on vanhempien huone. He ovat siellä, kun tulevat Suomeen. Ja perällä on minun makuuhuoneeni.

Hannele ei valehdellut sanoessaan, ettei huoneessa ollut mitään ylimääräistä. Suuri laadukas sänky, yöpöytä, pimennysverhot, kaapistot seinällä. Hillitty tapetti.

- Pääsenkö joskus yökylään... Sänky näyttää kutsuvalta, Kristian kysyi.

- Ehkä, Hannele vastasi.

- Vai "ehkä", Kristian sanoi suu mutrussa.
He menivät takaisin Sannin luo. Leikit jatkuivat,
kunnes oli aika lähteä kotiin ja iltatoimiin.

Illalla äiti soitti.
- Tiedätkö jo joulusta? Meillä on ikävä sinua.
Hannele harkitsi, olisiko jo aika kertoa Kristianista.
Olihan hän kutsunut vieraita heidän taloonsa, ehkä
olisi asiallista mainita siitä.
- En tiedä vielä, Hannele sanoi. - Olen tavannut jon-
kun. Miehen.
Hannelea melkein ujostutti sanoa se ääneen. Äiti oli
luultavasti menettänyt jo toivonsa Hannelen suhteen.
Vanhemmat ihmettelivät, miksi kaunis tyttö ei löy-
tänyt ketään rinnalleen. Ehdokkaista ei ollut pulaa.
Poikia pyöri tytön ympärillä jo koulussa. Joku lyhyt
suhde kai syntyikin, mutta ei koskaan mitään vaka-
vaa.
- Oletko tosissasi? Kuulitko isä? Kuulitko! Poksauta
kuohuviinipullo!
Puhelimen toisesta päästä kuului iloista hihkumista.
Ei kai tuo nyt sentään noin suuri uutinen voinut olla,
Hannele ajatteli tuohtuneena.
- Tuo oli paras joululahja ikinä, äiti sanoi. - Nyt teh-
dään niin, että tulette tänne molemmat, sinä ja uusi
sulhosi.
- "Sulho"? Mikä sana tuo edes on? Eikä me nyt kih-
loissa olla, vasta tutustuttu, Hannele sanoi ärtyneenä.
Tilanne alkoi karata käsistä.
- Isä ja minä maksamme liput, siitä ei ole huolta.

- Asia ei ole aivan niin yksinkertainen, Hannele kiemurteli.

Hän mietti, sanoisiko Sannista vielä mitään. Tosin, jos suhde etenee, asia tulisi vastaan ennemmin tai myöhemmin.

- Kristianilla on lapsi, Sanni, parivuotias suloinen tyttö.

Puhelimessa tuli hiljaista. Hannele aivan tunsi, miten vanhemmat prosessoivat tätä tietoa.

Hetken kuluttua äiti sanoi: - Mutta sehän on aivan mahtava uutinen! Vain yksi asia hieman huolestuttaa. Onko lapsen äiti kuvioissa? Joskus erot ja huoltajuuskiistat voivat olla kovin repiviä. En haluaisi sinun joutuvan keskelle sellaista. Lapsi on kuitenkin kovin pieni vielä.

Äiti kuulosti olevan aidosti huolissaan. Tietenkin hän halusi vain parasta tyttärelleen.

- Tytön äiti, Kristianin vaimo menehtyi tytön ollessa vasta vauva.

Nyt puhelimessa oli vieläkin hiljaisempaa, jos se oli edes mahdollista. Hiljaisuus kesti kauan.

- Haloo? huuteli Hannele, kun ei ollut enää varma menikö puhelu poikki.

- Olemme täällä, äiti vastasi hiljaa. - Onpa surullista, todella surullista. Olen pahoillani.

- Aivan. Siksi tässä on nyt aika monta muuttujaa. Luultavasti en tule jouluksi sinne. Miksi ette te tulisi jouluksi Suomeen? Ei kai se nyt niin kauheaa voi olla? Pariksi viikoksi? Näytän teille koruni, minkä suunnittelin kilpailuun.

71

- Mietimme asiaa, äiti vastasi. - Tietenkin palamme halusta nähdä Kristian ja Sanni. Soittelen myöhemmin, kun olemme puhuneet asiasta.

Hannelella oli parempi mieli, kun oli saanut kerrottua Kristianista vanhemmilleen. Mitään varmuutta suhteen jatkumisesta ei tietenkään ollut, mutta alku näytti lupaavalta.

5

Iloinen perhetapahtuma

Maanantai -aamuna Hannele näki jo kaukaa, että Kristian odotti häntä koulun edessä. Hän kiirehti askeliaan ja hypähti Kristianin syliin.

- Aamusuukko, kiitos, Kristian sanoi ja halasi kauan.
- Nähdään lounaalla.

Kevyin askelin ja tarmoa pursuten Hannele meni luokkaan. Aki oli jo työhuoneella.

- Mitäs se pussailu oli tuolla portilla, Aki kiusoitteli.
- Onko rakkautta ilmassa?
- Höpsis, Hannele hymyili.

Onneksi Aki ei jatkanut aiheesta. Hannele ei ollut valmis jakamaan yksityisasioitaan. Nyt ei enää tarvinnut salailla suhdetta ja se oli helpotus.

Hannele luki sähköpostejaan ja yksi kiinnostava meili kiinnitti huomion.

- Aki, Aki! Täällä on posti kilpailulautakunnalta.

Minut on valittu kilpailuun, olen kymmenen joukossa!

- Ihanko totta? Onneksi olkoon, tyttökulta. Tuo on mahtava uutinen. Todella mahtava. Nyt sitten suunnitelma valmiiksi ja eteenpäin.

Hannele tuskin malttoi odottaa, että saisi kertoa asiasta Kristianille. Kilpailuun pääseminen oli suuri harppaus kohti tavoitteita.

- Hannele, olisiko sinulla hetki, Nina ilmestyi ovelle.

Aki vilkaisi Ninaa, ymmärsi yskän ja sanoi menevänsä käymään kahvilla. Hän jätti tytöt keskustelemaan rauhassa.

Nina näytti hämmentyneeltä ja onnelliselta. Hannele odotti.

- Minä olen raskaana, Nina töksäytti muitta mutkitta.

Hannele olisi varmasti tukehtunut pullaan, jos olisi sellaista ollut syömässä.

- Eikö olekin ihanaa? Nina jatkoi posket hehkuen.

Hannele ei tiennyt mitä sanoa joten hän halasi Ninaa.

- Onneksi olkoon. Oletko varma?

- Kiitos. En ole vielä tehnyt testiä. Kaikki merkit kuitenkin viittaavat siihen, että olen raskaana.

Nyt kannatti olla varovainen sanoissaan, Hannele ajatteli. Nina oli selvästikin iloinen raskaudestaan, mutta oliko hän kertonut vauvan isälle asiasta. Isähän kaikella todennäköisyydellä oli Tomas. Hannele ei voinut kuvitella Tomasia lastenvaunuja työntelemässä, kaikkea muuta.

- No, tuota, kuinka olet voinut? Hannele sanoi, kun

ei muuta uskaltanut.

- Hyvin, ihan normaalisti. Tämä on vasta aivan alussa. En ole kertonut vielä edes Tomasille.
- Vai niin, no milloin aiot kertoa?
- Ehkä perjantaina, kun menen Tomasin luo. Tai sitten tänään jos en malta odottaa perjantaihin.
- Aivan, aivan…

Nina halasi vielä Hannelea ennen kuin lähti.

Vaikka Hannele halusi iloita Ninan puolesta, luultavasti juttu päättyisi kyyneliin. Nina halusi uskoa Tomasista vain hyvää. Valitettavasti Tomas tuntui olevan kylmä ja itsekeskeinen idiootti, joka viis veisaa toisten tunteista. Hannele toki toivoi olevansa väärässä.

Lounaalle mentäessä Hannelen mieli oli hieman apea kaikista hyvistä uutisista huolimatta. Ninan tilanne huolestutti häntä. Lisäksi hän ei voinut kertoa siitä kenellekään. Hän ei halunnut pettää Ninan luottamusta.

Kristian odotti häntä tutussa pöydässä. Hän nousi ylös antamaan suukon, kun Hannele saapui. Hannele ei ollut tottunut julkisiin huomionosoituksiin, mutta Kristian ilmeisesti oli. Se oli kieltämättä mukavaa, mutta vaatisi totuttelua.

Kristian onnitteli häntä kilpailuun pääsystä. Hän tiesi miten tärkeää se oli Hannelelle.

Äkkiä Hannele huomasi jotain.

- Oletko ottanut sormuksen pois? Hannele hämmästyi, kun katsoi vasempaan nimettömään, jossa ei ollutkaan enää sormusta.

Kristian hymähti.

- Sinulta ei jää mitään huomaamatta. Ajattelin, että nyt on aika luopua siitä ja mennä eteenpäin.

- Toivottavasti et ajattele, että minä painostan sinua johonkin.

- En tietenkään. Kyllä oli jo aikakin.

Hannele kertoi samaan syssyyn, että oli kertonut vanhemmilleen heistä.

- Kerroitko, että heidän paljussaan polskutteli vierasta väkeä?

- Kerroin, Hannele nauroi. - Olisitpa vaan kuullut miten innoissaan he olivat. Melkein loukkaannuin...Äiti oli kaiketi jo menettänyt toivonsa minun suhteeni.

- Kerroitko kaiken? Sannistakin? Marista? Kristian kysyi.

- Kyllä, he olivat hirveän pahoillaan.

Molemmat olivat hiljaa. Hannele ymmärsi, että tapahtuneesta oli niin vähän aikaa, että Kristian surisi vielä kauan, varmasti vuosia. Kokonaan suru ei katoaisi koskaan. Sanni varmistaisi sen.

Silti, elämä jatkuu. Siitä kannattaisi yrittää tehdä paras mahdollinen.

- He muuten kutsuivat meidät Espanjaan. Vastasin sinun puolestasi, että haluat olla joulun Suomessa, lapsen takia. Sen sijaan pyysin heitä tulemaan Suomeen. He lupasivat harkita asiaa.

- Voi ei, sehän olisi mahtavaa mennä Espanjaan, aurinkoon, lämpimään, uimaan, nähdä sinut taas bikineissä…Kristian hehkutti. - Mutta olet oikeassa. Meidän perheessä on vahvat jouluperinteet. Minulla on neljä veljeä, kyllä, neljä! Ja yleensä olemme joulun yhdessä, vaikka meitä alkaa olla jo niin suuri joukko, että se on hankalaa. Voisin ilman omantunnon tuskia paeta Espanjaan, ei tee tiukkaakaan. Ehkä ensi jouluna sitten?

Hannele oli mielissään kun Kristian oletti heidän olevan yhdessä myös ensi jouluna.

- Ovatko veljesi vanhempia vai nuorempia kuin sinä?

- Vanhempia. Minä olen nuorin. Mikä lie vahingonlaukaus, iltatähti, outolintu.

Kristian laski leikkiä, vaikka kaikesta huokui, miten tärkeä perhe oli hänelle. Ehkä traaginen tapaus oli entisestään lähentänyt perhettä.

- Sinä tulet kyllä tapaamaan heidät kaikki, en voi valitettavasti suojella sinua heiltä ikuisesti, Kristian sanoi ilkikurisesti. - Toivottavasti et jätä minua sen jälkeen.

Hannele piti siitä, miten Kristian sai hänet nauramaan. Mies vitsaili paljon, mutta ei ollut koskaan pahansuopa. Hannele ei ollut vuosiin nauranut näin paljon. Ilmankos Kristian oli niin pidetty henkilökunnan ja oppilaiden parissa.

Lounaan jälkeen Hannele palasi luokkaan. Opettajalla oli asiaa ja lähes kaikki olivat paikalla. Hannele huomasi, että Tomas ja Nina istuivat tiiviisti vierekkäin. Näinköhän uutinen oli vielä tavoittanut Tomasia?

- Ensiksikin, haluan onnitella Hannelea pääsystä arvostettuun kilpailuun, opettaja sanoi.

Hannele ei osannut aavistaa, että opettaja puhuisi julkisesti kilpailusta. Luokasta kuului hyväksyviä huudahduksia. Muutama oppilas tuli onnittelemaan Hannelea.

- Sitten pieni väliaikakatsaus opintoihin. Kaikilla on opiskelu sujunut tosi hyvin, monella jopa erityisen hyvin ja luultavasti valmistutte etuajassa. Näytöt voi suorittaa heti, kun tuntee olevansa valmis.

Tomas hymyili leveästi. Ehkä hänellä oli syytä hymyyn, Nina oli paiskinut töitä hirveästi, että sai sekä omansa että Tomasin tehtävät valmiiksi. Hannele ei tiennyt, kuinka paljon opettaja oli selvillä tästä sopimuksesta.

- Päästän teidät jatkamaan töitä. Olen täällä, jos tarvitsette apua, opettaja sanoi.

Hannele alkoi nyt toden teolla työstää kilpailukoruaan. Aikaa oli puolisen vuotta. Syksyllä olisi juhlava näytös, jossa parhaat palkitaan. Aki kertoi, että kulissien takana tapahtuu paljon. Suuret kauppaketjut etsivät uusia kykyjä suunnittelijatiimeihinsä.

- Siksi minä haluaisin varata sinut itselleni, Aki sanoi. - Minuun voit luottaa. Ei kannata tehdä huonoa sopimusta.

- Uskotko tosiaan, että minulla olisi mahdollisuus saada sopimus?

- Todellakin uskon, Aki sanoi. - Lupaa minulle, ettet allekirjoita mitään ennen kuin olet puhunut kanssani.

- Lupaan, kiitos Aki, Hannele oli kiitollinen ja iloinen Akin avusta. Hänellä ei ollut mielenkiintoa eikä kykyä miettiä tylsiä sopimuksia. Korut, kivet ja luova työ oli se, mihin hän halusi keskittyä.

Kristian tuli ovelle huikkaamaan, kun oli lähdössä kotiin. Sanni piti hakea hoidosta.
- Jään vielä töihin. En millään raaski jättää kesken, Hannele sanoi.
- Selvä. Nähdään huomenna.
Kerrankin mies, joka ei ala ruikuttamaan, että "minä-minä" olen tärkein. Kristian ymmärsi, miten tärkeää tämä kaikki oli Hannelelle. Samoin kuin Hannele ymmärsi Kristianin ja Sannin ainutkertaisen suhteen.
Kristian lähti, mutta Nina tuli. Hieman ärtyneenä Hannele kääntyi Ninan puoleen ja huomasi heti tämän itkuiset silmät.
- Hannele, kerroin Tomasille vauvasta, Nina nyyhkäisi ja puhkesi rajuun itkuun. - Hän puhui tosi rumasti. Vihjasi jopa, ettei se voi olla hänen. Voitko kuvitella? Lopuksi käski hankkiutua eroon siitä. Tomas ei halua isäksi, hän haluaa kuulemma olla vapaa ja nauttia elämästä.
Hannelelle tuli väkisinkin mieleen ero Kristianin ja Tomasin suhtautumisesta lapseen. Hannele tunsi suurta myötätuntoa Ninaa kohtaan. Silti, mikään yllätys Tomasin käyttäytyminen ei ollut. Hannele halasi Ninaa ja koitti tyynnytellä tätä parhaansa mukaan.

- Mitä aiot tehdä? Hannele kysyi. - Ehkä kannattaisi kuitenkin ihan ensin tehdä se raskaustesti, jotta saat varmuuden asiasta.

- Minä tein testin ruokatunnilla vessassa, Nina niiskutti. - Se oli positiivinen.

- Okei, Hannele sanoi ja yritti kuulostaa rauhalliselta, vaikka mielessä myllersi.

Hän ei tiennyt, mitä itse tekisi vastaavassa tilanteessa.

- Mitä minä nyt teen? Mitä, Hannele, minä teen, Nina oli epätoivoinen. - Luulin, että Tomas haluaa minut. Katsoin sormien läpi kaikki naisjutut. Nyt on naamiot riisuttu. Tomas käytti minua vain hyväkseen. Onneksi en ole antanut hänelle vielä tehtäviä, jotka hän pisti minut tekemään puolestaan. Minä deletoin ne kaikki! Tehköön itse, jos haluaa joskus valmistua.

Nina puhkui pyhää vihaa. Parempi sekin, kuin itku ja itsesääli.

- Ehkä sinun kannattaa nyt antaa asian hautua muutama päivä. Haluatko sinä lapsen? Ota huomioon, että luultavasti Tomasista ei ole mitään apua, lapsi jää yksin sinun hoidettavaksesi.

Nina alkoi rauhoittua. Aivan kuin järjen valo olisi palannut hänen pimennossa olleisiin aivoihinsa. Rakastuminen voi olla vaarallista, ainakin tuollainen hullaantuminen, mikä Ninan kohdalle osui.

- Olet oikeassa, Nina totesi. - Minulla ei ole mitään hätää. Voin aina palata kotiin, he ottavat lapsen vastaan ilomielin. Olisin kyllä halunnut valmistua.

- Sinähän valmistut, lapsen kanssa tai ilman. Olet nyt jo tehnyt kahden opiskelijan tehtävät täysin suvereenisti, Hannele yritti kannustaa, vaikka kommentti saattoi satuttaa Ninaa.

Nina kuitenkin hymähti.

- Jätän sinut nyt rauhaan. Kiitos Hannele, että jaksat kuunnella. Ja anteeksi. En ole aina ollut hyvä ystävä. Taidan olla tosi törppö, kun miehen takia sotken kaiken.

Nina pyyhki silmänsä ja lähti kotiin.

Hannele luuli pääsevänsä jatkamaan, mutta ovi kävi taas. Tomas tuli kutsumatta sisään.

- Kertoiko Nina sinulle?

Hannele toivoi, että Tomas poistuisi välittömästi. Hän ei halunnut sekaantua noiden kahden asioihin yhtään enempää kuin oli pakko.

- Ai mitä kertoi… Minulla on tässä nyt aika tärkeä homma kesken, että jos vaikka antaisit minun jatkaa…

Tomas ei ottanut kuuleviin korviinsa Hannelen vastustusta, ei tietenkään.

- Kuvittele nyt, Nina väittää, että minä olen hänen lapsensa isä. Jos hän nyt edes on raskaana. Ehkä se on vain keino saada minut koukkuun. Ja mistä sen tietää, kenen kanssa se hupsu tyttö on peuhannut. Minunkin mukaan lähti aika helposti…

Hannelen posket alkoivat punottaa ärtymyksestä. Hän nousi ylös.

- Vai kenen kanssa peuhannut… Ole ystävällinen ja poistu!

Tomas seisoi hänen edessään rauhattomana, mutta yhtäkkiä hänen käytöksensä muuttui.

- Hannele, sinulla on sitten upeat silmät, sinisetkö ne ovat? Vai violetit… Huomasin ne heti ensimmäisenä päivänä. Ja aistikas, suudeltava suu, korkeat poskipäät. Olet todellakin klassinen kaunotar. Meistä tulisi upea pari, oletko ajatellut sitä? Sinä ja minä?

Mies on todellakin täysi psykopaatti, ajatteli Hannele kiukkuisena. Luuleeko tuo, että jokainen nainen lakoaa hänen edessään? Ei tarvitse kuin sormea koukistaa. Mikä hölmö.

- Lähde nyt, Hannele vaati.

- Älä väitä, ettet itse ole ajatellut samaa, Tomas sanoi ylimielisesti ja Hannelesta näytti että mies oikeasti uskoi siihen mitä sanoi.

- Lähde nyt, ennen kuin nolaat itseäsi yhtään enempää, Hannele korotti jo ääntään.

- Miksi olet tuollainen? Olen varma, että tuon viileän kuoren alla piilee tulinen nainen.

Hannele mietti kuumeisesti, miten saisi tyypin tajuamaan, ettei kiinnosta, ei pennin vertaa.

- Olen parisuhteessa, Hannele sanoi ja katui melkein saman tien, että sanoi mitään.

Tomas yllättyi. Hän näytti epäuskoiselta. Pian hän alkoi kuitenkin hymyillä.

- Hei, mitä sinä nyt? Sano, ettet vaan tarkoita sitä opettajaa, jonka kanssa istutte ruokalassa nenät vastakkain joka päivä? Oletko tosissasi? Eihän se heppu ole ollenkaan samaa tasoa kuin sinä. Sinä ja minä sen sijaan olemme. Kauniita ja tyylikkäitä, olet laatuleidi, Hannele.

Hannele kiitti luojaansa ettei hänellä ollut mitään terävää työkalua kädessään, sillä hän oli raivona. Koska puhe ei näyttänyt mieheen tepsivän, hän työnsi Tomasin ulos huoneesta. Tomas taisi yllättyä, eikä osannut pistää hanttiin, kun Hannele heitti hänet ulos huoneesta kuin vihainen portsari konsanaan. Hannele sulki oven perässään. Hän tasasi hetken hengitystään. - Pitää alkaa käydä taas salilla, kunto on huonontunut, Hannele ajatteli ja alkoi nauraa ääneen.

Hän palasi työnsä ääreen ja edistyi ilman keskeytyksiä.

Seuraavana aamuna luokassa oli hiljaista. Nina istui niin kaukana Tomasista, kuin se fyysisesti oli mahdollista. Tomas oli kuin myrkyn syönyt. Luultavasti hänellä oli nyt ongelma kuinka saisi tutkinnon suoritettua. Luokassa ei ollut muita potentiaalisia hurmattavia nuoria naisia kuin Nina ja Hannele. Loput naiset olivat perheellisiä, lähes keski-ikäisiä. Tietysti aina voisi koittaa onneaan. Opettaja vilkaisi molempia ja arvasi, että jotain on tapahtunut.

Nina oli kuitenkin yllättävän hyvällä tuulella. Hannele mietti oliko Nina jo tehnyt päätöksen raskauden suhteen.

Oppilaat menivät työhuoneisiinsa ja Nina tuli käväisemään Hannelen luona.

- Sain oman huoneen, Nina huokaisi. - Minun ei tarvitse olla enää Tomasin kanssa.

- Se on hyvä. Opettaja kyllä ymmärtää.

- Ja päätin pitää lapsen. Lapsen isältä en halua mitään.

Nina lähti. Nuori nainen oli tunnollinen ja ahkera. Ei epäilystäkään, ettei tämä hoitaisi opiskelunsa loppuun vauvan kanssa tai ilman.

Neljän aikaan Hannele ja Kristian tapasivat koulun portilla. Heillä oli vain hetki aikaa ennen kuin Kristian lähtisi hakemaan Sannia. He suunnittelivat jo seuraavaa viikonloppua, voisivatko he mahdollisesti viettää sitä yhdessä.

- Ai hei Hannele, kotiin lähdössä? Tomas tunki Hannelen viereen, vaikka ei koskaan ennen ollut edes tervehtinyt häntä.

Tomas hymyili Hannelelle hurmaavinta hymyään ja katsoi Kristiania haastavasti. - Tomas, Tomas Virtanen, hän ojensi kätensä. - Timantti - Virtasen varatoimitusjohtaja.

Kristian oli hieman hämmentynyt, mutta tarttui ojennettuun käteen. - Kristian.

- Me olemme Hannelen kanssa samalla alalla, Tomas jatkoi, kuin olisi ollut Hannelen paras kaveri.

Hannele ei tiennyt ollenkaan, mistä nyt oli kysymys. Hän oli kuitenkin niin yllättynyt Tomasin tuppautumisesta heidän seuraansa ettei osannut sanoa oikein mitään.

- Kuule Kristian, Tomas hallitsi keskustelua. - Minkälainen auto sinulla on?

- Jaa auto? No, en oikeastaan tarvitse autoa arkisin ja

muutenkin aika harvoin, mutta…

Tomas ei kuunnellut loppuun. Hän osoitti polleana parkkipaikalle.

- Tuo musta kaunotar on minun. Tai oikeastaan firman auto. Tehoja löytyy…

- Vai niin, Kristian alkoi olla jo vähän kärsimätön.

- Hannele, minun pitäisi tästä varmaan lähteä. Soitellaan illalla?

Hannele ei ehtinyt vastata mitään, kun Tomas jatkoi.

- Kuule Kristian, en tiedä pitäisikö kertoa. Älä nyt missään nimessä pahastu, mutta otettiin hieman fyysistä kontaktia eilen Hannelen kanssa…sellaista sattuu, ainakin minulle, Tomas naurahteli ja katsoi ovelasti Hannelen suuntaan. - Ja Hannelehan on pirun vetävä mimmi.

Kristian kurtisti kulmiaan. Hänkin oli ymmällään, mistä oikein on kyse. - Hannele?

- Älä yhtään ole huolissasi, ei se ollut mitään vakavaa, ihan viatonta leikkiä, Tomas jatkoi.

Hannele kuunteli Tomasin jorinoita uskomatta korviaan. Hän puhisi kiukusta.

- Jos tarkoitat fyysisellä kontaktilla sitä että minä heitin sinut ulos huoneestani, niin totta vie, meillä oli fyysinen kontakti.

Hannele tempaisi Kristiania hihasta ja he lähtivät kävelemään. Tomas katsoi heidän peräänsä hetken ja kääntyi sitten parkkipaikalle autolleen.

- Mitä ihmettä tuo nyt oli? Kristian pysäytti Hannelen.

Hän katsoi vakavana Hannelea silmiin. Hannelen

sydäntä raastoi, että se liero näytti päässeen Kristianin ihon alle. Kristian oli kärsinyt, lisää kärsimystä ei tarvittu. Hän luotti Hanneleen, mutta mitä oli tapahtunut huoneessa?

- Tähän liittyy nyt sellainen juttu, että Nina jätti Tomasin. Nina on raskaana ja Tomas ei ota vastuuta lapsesta. Tomasin täytyy saada joku tekemään koulutehtäviään ja luultavasti sen takia yrittää seuraavaksi kiusata minua.

Kristian sai paljon informaatiota yhdessä lauseessa, mutta ei silti ollut ihan vakuuttunut.

- Koulutehtäviä? Eikö hänellä muuta mielenkiintoa ole sinua kohtaan? Se näytti kyllä joltain ihan muulta.

Hannele punastui. Ei kai hän nyt ala tässä itseään kehua, kuinka ihana hän on, että kaikki vaan rakastuvat häneen, eikä hän mahda sille mitään. Eikä Tomas sitä paitsi voi rakastaa ketään paitsi itseään.

- Ei ole. Ja tein sen kyllä varsin selväksi.

Hannelelle ei tullut edes mieleen että Kristian voisi olla mustasukkainen. Eikä hän ollutkaan.

- Oikein komea poika, Kristian kuitenkin virkkoi.

- Ja komea auto.

Molemmat nauroivat.

Hannele oli jo ilmoittanut vanhemmilleen ettei tule jouluna Espanjaan. Isä ja äiti olivatkin heti alkaneet varata lippuja itselleen. He halusivat tavata Kristianin.

- Vaikka aika alussahan tuo teidän seurustelu vielä

on...

Sen Hannele tiesi itsekin. Tilanteessa oli niin paljon liikkuvia osia, että kaikki oli mahdollista. Itsestään hän kuitenkin voisi mennä takuuseen. Hannele piti Kristianista, paljon.

Kristian soitti illalla.

- On vielä yksi asia, joka sinun pitää tietää.

Hannelella muljahti vatsassa. Heidän suhteeseensa sisältyi jo nyt paljon sellaista, mitä ei tavallisen seurustelevan nuorenparin elämään kuulunut. Mitä vielä?

- Marin vanhemmat haluaisivat tavata sinut. Mitä pikemmin sen parempi.

Hannele ei tiennyt oliko ärsyyntynyt vai imarreltu. Ärsyyntyminen tuntui vievän voiton.

- Minkä ihmeen takia? Mitä se heille kuuluu?

Kristian kuuli Hannelen äänestä, että ehdotus ei ollut mieleinen.

- Sannin takia. Sanni on ainoa asia, mikä on jäljellä heidän tyttärestään. Heillä ei ole muita lapsia.

- Mutta miksi? Voivathan he tavata Sannia, miksi he haluavat nähdä minut.

Hannelea vaivasi ajatuskin siitä, että joutuisi kohtaamaan miesystävänsä kuolleen vaimon vanhemmat. Aivan kuin hän olisi tyrkyttämässä itseään heidän tyttärensä tilalle, viemässä hänen paikkansa miehen ja lapsen sydämessä. Halusivatko he arvioida, olisiko Hannele sopiva kumppani Kristianille ja äitipuoli Sannille? Entä jos näin ei heidän mielestään ole? Mitä sitten? Pitääkö heidän lakata tapaamasta toisiaan?

- Ei. Minusta se ei ole sopivaa. Ei näin pian. En halua.

Kristian oli hiljaa.

- Ymmärrän.

Molemmat olivat hiljaa. Hannele oli kiusaantunut ja hämillään.

- Kuule, puhutaan myöhemmin, Kristian lopulta sanoi.

Hannele istui yksin ajatuksiensa kanssa. Kristian oli lopettanut puhelun ja itse asia oli jäänyt ratkaisematta. Hannelella oli paha mieli. Oliko hän toiminut väärin?

Mitä kaikkea olikaan tullut hänen elämäänsä lyhyessä ajassa. Koulu, ystävät, Kristian, Sanni ja kaikki näihin liittyvät ihmiset ja asiat. Oliko tässä liikaa jo painolastia, jotta heidän suhteensa voisi koskaan kunnolla alkaa kukoistaa.

Kyyneleet alkoivat valua Hannelen poskia pitkin.

Hän näki mielessään Kristianin kasvot ja ikävöi miestä niin paljon, että se teki kipeää. Kunpa kaikki vain olisi ollut yksinkertaisempaa.

Pahaksi onneksi Kristian oli poissa loppuviikon. Hannele ei nähnyt eikä kuullut miehestä. Vain hätäinen viesti puhelimessa, missä Kristian kertoi olevansa poissa ja hoitavansa asioita. Hannele masentui.

Kristian oli varmaan suuttunut hänelle.

No, ehkä siinä tapauksessa on parempi ,että se käy

näin alussa kuin vuoden seurustelun jälkeen. Kenties entiset appivanhemmat olivat antaneet suosituksen olla sekaantumatta vieraisiin naisiin. Hannelen ajatukset kiersivät villinä, kun Kristianilta ei saanut mitään selitystä. Viikonloppukin jäi aivan auki, kun Hannele kieltäytyi sukuloimasta. Ehkä olisi pitänyt harkita sitä edes tovi.

Nina oli lähdössä viikonloppuna pohjoiseen tapaamaan vanhempiaan. Hän oli muuttunut ihmeen seesteiseksi raskauden myötä. Hän oli ikään kuin löytänyt tasapainon itsensä kanssa, mikä hämmästytti Hannelea. Eikö yleensä käynyt päinvastoin? Hormonit saavat naisen villiintymään ja käyttäytymään oudosti?
Hannelen viikonloppu näytti ankealta. Kristianista ei ollut kuulunut mitään. Liekö Sanni taas sairaana. Luultavasti päivät kuluisivat sohvalla television parissa. Hannele haki kaupasta salaattia ja suklaata. Opiskelusta hän oli päättänyt pitää vapaata.

Myöhään perjantai-iltana puhelimeen tuli Kristianilta viesti. *"Onko sinulla huomiseksi jotain suunnitelmia?"* Hannele ilahtui ja samalla myös harmistui. Olettiko Kristian että hän istuu täällä puhelin kädessä odottamassa milloin "herralla" sattuisi olemaan hetki aikaa myös hänelle. Se oli tietenkin totta, mutta silti tavattoman ärsyttävää.
Hannele ymmärsi pian, miten lapsellinen oli. Kristianilla oli velvollisuuksia, toisin kuin hänellä.
"Ei mitään ihmeellistä" vastasi Hannele.

88

"*Sopiiko, jos tulen käymään? Joskus aamupäivällä?*"

"*Tulkaa vain*" Hannele vastasi. Olihan heillä hauskaa viimeksikin.

Hannele nukahti hymy huulillaan. Huomenna hänellä olisi seuraa ja tekemistä.

Hannele heräsi myöhään. Kello oli melkein kymmenen.

- Onko jo "aamupäivä", Hannele kauhistui ja pinkaisi suihkuun.

Nopean suihkun jälkeen hän pukeutui ja tuli alakertaan keittämään kahvia. Kahvi ei ollut vielä tippunut, kun ovikello soi. Hannele vilkaisi nopeasti ympärilleen. Mitä kaikkea särkyvää oli Sannin käden ulottuvilla. Sille ei nyt voinut mitään.

Ovella oli Kristian, yksin.

Hannele katseli ympärilleen.

- Missä Sanni on?

- Hei vaan sinullekin, Kristian sanoi ja halasi Hannelea.

He menivät sisään. Hannele oli ymmällään. Hän laittoi kupit pöytään ja kaatoi molemmille kahvia.

Kristian näytti salaperäiseltä, kuin pikkupoika, jolla oli suuri salaisuus. Hannelen mielestä tietenkin se oli aivan ihastuttavaa.

- Lähtisitkö minun kanssani pienelle viikonloppumatkalle?

Hannele yllättyi.

- Entä Sanni? Menisimmekö ilman Sannia?

- Sanni meni mummolaan yökylään. Ajattelin, että meidän pitäisi tutustua toisiimme paremmin kaikessa rauhassa. Se ei onnistu niin hyvin, jos pieni lapsi on mukana. Minun pitää nimittäin tutustua sinuun aivan läpikotaisin.

Hannele piti Kristianin vihjailuista. Myös hän itse halusi tutustua Kristianin joka kolkkaan.

- Selvä. Voitko antaa kuitenkin vihjeen mitä pakkaan mukaan. Pitääkö olla pitkä iltapuku vai verkkarit?

- Asiallinen kysymys. Ajattelin niin, että koska asut tällaisessa luksushotellissa poreammeineen ja vietät aikaa timanttien ja kultakorujen parissa, niin lomalla olisikin tarjolla jotain muuta. Siksi vien sinut meidän rämälle kesämökille. Se on aika lähellä, järven rannassa, jos näin myöhään syksyllä sillä on edes merkitystä. Mökki on todella vaatimaton. Sisävessa on ja sähköt.

Kristian tuli Hannelen luo ja kuiskasi.

- Voimme rakastella takkatulen lämmössä…

- Ai niin kuin Kauniissa ja rohkeissa, Hannele kikatti.

- Juuri niin, minä Ridge, sinä Brooke.

- Tulit muuten juuri tunnustaneeksi, että katsot kyseistä ohjelmaa.

- Tietenkin, lempisarjani. Lähdetkö mukaan?

He suutelivat. Se riitti vastaukseksi. Hannele meni pakkaamaan.

6

Takkatulen loimussa

Mökille ei tosiaankaan ollut pitkä matka. Vartin päästä he kääntyivät pienelle metsätielle.

- Et sitten kertonut Tomasille, että sinäkin olet Bemari-miehiä? Hannele sanoi huvittuneena.

Kristianin auto oli suuri maasturi.

- En minä ole Bemari-mies, mutta tarvitsen auton, jolla pääsee tarvittaessa vaikka metsään. Olen metsämies. Onko sinulla ajokorttia?

- On, Hannele vastasi, - mutta en ole ajanut moneen vuoteen. Tuskin osaisin enää.

- Harjoitellaan joku kerta. Ei sitä tiedä, milloin joudut kuskailemaan meitä.

Kristian pysäytti auton. Puiden takana näkyi mökin katto. Se sulautui luontoon täydellisesti.

- Tulepas sieltä, Kristian otti molempien laukut.

- Mennään laittamaan takkaan tulet...

Hannele seurasi Kristiania polkua pitkin. Tähän aikaan vuodesta oli päivälläkin hämärää. Mökin ikkunoista pilkotti valoa. Oliko siellä joku?

He astuivat terassille. Mökki oli tosiaan perinteinen oikea kesämökki. Kesällä maisema olisi varmasti upea järvinäköaloineen ja koivuineen. Hannele huomasi kuitenkin heti, että mökkiä oli remontoitu ahkerasti. Varmasti veljekset olivat käteviä käsistään, muutkin, kuin Kristian.

- Peremmälle…

Takassa paloi jo tuli. Pienessä tuvassa oli lämmin ja siellä tuoksui ruoka.

- Kotitonttuko täällä on käynyt tekemässä valmisteluja? Hannele kysyi ja katsoi ihmetellen ympärilleen.

Hän oli valmistautunut kylmään ja kosteaan mökkiin, missä savuttava takka häätää asukkaat ulos. Tämä ei ollut mitään sinne päinkään. Mökissä oli kodikasta ja kaunista. Pöytä oli katettu. Siinä oli lautaset ja jopa viinipullo jäissä. Ruoka oli uunissa. Keittiökin näytti modernilta.

- Tonttupa hyvinkin, oikea tonttujen tonttu. Veljeni Konsta kävi hiukan lämmittämässä mökkiä etukäteen. Konsta asuu tässä lähellä. Heillä on pieni maatila.

- Missä Konsta on nyt? Ei kai Konsta ole kaapissa piilossa? Kun on tuletkin jättänyt takkaan palamaan? Kristian nauroi.

- Älä pelkää, ei ole mörköjä kaapissa. Hän laittoi minulle tekstarin matkalla, että lähtee nyt. Varmaan jossain pusikossa piilotteli, kun tulimme. Hän ei halunnut häiritä meitä. Koska minä ehdottomasti kielsin. Vannotin nimenomaan, että meitä ei saa häiritä 24 tuntiin.

- Olisihan se ollut kohteliasta tervehtiä… Hannele yritti.

- Höpö höpö. Muodollisuudet ehtii hoitaa aikanaan. Nyt meillä on vuorokausi aikaa vain meille. Minä ja sinä, yksinoikeudella…

92

Kristian esitteli vielä mökin muut huoneet sekä saunan ja kylpyhuoneen. Pikkuinen makuusoppi oli pedattu valmiiksi romanttisilla kukkalakanoilla.

- Ajattelin, että nukumme täällä. Jos nimittäin ehdimme nukkua... Vai olisitko halunnut nukkua kerrossängyssä? Ylä- vai alapeti? Sanomattakin on selvää, että aion ainakin yrittää tulla viereen, Kristian sanaili.

He istuivat pöytään. Kristian otti uunista ruuat ja avasi kuohuviinipullon. Leipäkin oli lämmintä ja uskomattoman hyvää.

- Konsta-tonttu on varsinainen taikuri. Miten herkullista kaikki on, Hannele oli aivan ihmeissään.

- No joo... onhan Konsta sentään keittiöpäällikkö, kai silloin tarvitsee edes jotain osata.

Kristian hymyili. Hän oli selvästikin ylpeä veljestään.

- Ilmankos. Etkö sanonut, että hänellä on maatila? Käykö hän vielä töissäkin?

- Varmaan laittaa emäntänsä tekemään kaikki maatilan raskaat työt... Kristian sanoi aivan vakavalla naamalla. - Varsinainen lurjus se Konsta.

Hannele kyllä tiesi, että Kristian vitsaili. Olisi mielenkiintoista tavata koko veljessarja. Melkoisia persoonia ja lahjakkuuksia tuntuivat olevan yksi jos toinen.

Alkoi sataa. Myös tuuli yltyi. Sähköt alkoivat välkkyä, mutta valot paloivat vielä.

Kristian siivosi pöydän ja laittoi ruuat jääkaappiin. Hän kaatoi viiniä heidän laseihinsa.

- Ei kai sinua pelota? Kristian kysyi, kun valot taas kerran välkkyivät. - Laitan kynttilän palamaan jos sähköt katkeavat.

- Voit sammuttaa valot vaikka kokonaan. Kynttilästä tulee tarpeeksi valoa ja takasta.

He istuivat hiljaa tulen loimotusta ihaillen. Vatsa oli täynnä, mökki oli lämmin. Molemmilla oli hyvä olla. Ei tehnyt mieli puhua, koska se olisi rikkonut lähes hartaan tunnelman.

Hannele havahtui. Hän oli nukahtanut sohvalle. Kristian oli peitellyt hänet. Mökissä ei ollut ketään. Hannele nousi pystyyn ja katsoi ikkunasta. Ulkona oli jo pimeää. Tuuli oli tyyntynyt ja sade loppunut. Ovi avautui ja Kristian astui sisään halkoja sylissään. Ovesta puhalsi kylmä tuulahdus lämpimään mökkiin.

- Ai täällä on herätty? Minä taidan olla todella unettavaa seuraa. Pitäisikö olla huolissaan. Aina kun nähdään, sinä nukahdat.

Kristian laittoi halot koppaan ja tuli Hannelen luo ja halasi.

- Ruoka, juoma, lämpö ja pimeys, Hannele puolustautui. - Et sinä.

- Niinhän sinä sanot. Mutta todistusaineisto kertoo muuta. En osaa enää vietellä naisia. Taidot ovat ruostuneet, elleivät sitten peräti kadonneet kokonaan, Kristian sanoi suupielet alaspäin.

- Olet siis joskus osannut vietellä naisia? Hannele kohotteli kulmiaan.

Varmasti Kristianilla oli ollut naisystäviä ennen

vaimoaan. Hyvännäköinen poika on varmasti saanut seuraa. Hannele ei halunnut tietää.

- Paljastit bluffini. En ole koskaan osannut vietellä naisia.

Kristian kaatoi laseihin kuohuviiniä.

- Et kai nukahda heti jos otetaan toisetkin lasilliset? Ehkä pitää keittää kahvia seuraavaksi.

- En nukahda! Mutta kahvi voisi tehdä terää.

Sillä aikaa kun Kristian puuhaili keittiössä, Hannele tutki mökin kirjahyllyä. Siellä oli dekkareita, lautapelejä ja vanhoja piirustuksia. Mökki lienee ollut kovassa käytössä jo kymmenien vuosien ajan. Nyt siellä lomailee lapset ja lapsenlapset. Pitää olla sopuisaa sakkia, että mahtuvat yhteiseen kesämokkiin, mietti Hannele. Joillakin suvuilla on vaikea jakaa vuoroja. Kukaan ei luovu heinäkuusta ja joskus syntyy pahojakin riitoja.

- Sori, en ole leiponut... Kristian sanoi kun kaatoi kahvia kuppeihin. - Olisi pitänyt hakea porkkanakakkua kahvilasta.

- Se oli kyllä hyvää, Hannele sanoi.

He katsoivat toisiaan silmiin kuin peläten hetken katoavan. Aikaa oli rajallisesti. Sitten taas arki ja velvollisuudet veisivät heitä väkisinkin eri suuntiin.

- Oli varmasti elämäni rohkein teko pyytää sinut silloin kahville, Kristian sanoi. - En ollut ollenkaan varma, että suostut.

- Minä suostuin, vaikka luulin tietäväni, että olit naimisissa. Minusta tulisi toinen nainen, en halunnut sellaista. En silti voinut vastustaa kiusausta.

95

- Minä en edes tajunnut, että sellainen päätelmä olisi mahdollinen, Kristian sanoi, mutta Hannele ei ollut varma puhuiko Kristian aivan totta. - Tietenkin kultaseppä bongaa sormukset. Onneksi kuitenkin lähdit. Se antoi minulle toivoa, että tuollainen kaunotar voisi olla naisystäväni. Naiseni. Kuulostaa mahtavalta.

Kristian hymyili valloittavinta hymyään. Hannele uskoi, että Kristian oli pitänyt sormusta sormessaan hätistääkseen liian innokkaat ihailijat pois kimpustaan. Hannele ei epäillyt, etteikö Kristiania olisi lähestytty kahden vuoden aikana useampaankin kertaan. Nykyään nuoret naiset ovat aloitteellisempia. Hannele halusi olla Kristianin nainen, tietenkin. Asiassa oli kuitenkin paljon pohdittavaa.

Hannele harkitsi, uskaltaisiko ottaa puheeksi Marin ja Marin vanhemmat. Hän ei halunnut pilata loppuiltaa, jos asiasta syntyy riitaa.

- Oletko puhunut Marin vanhempien kanssa meistä? Kissa oli nyt nostettu pöydälle. Kristian näytti melkeinpä helpottuneelta, kun Hannele otti asian puheeksi itse.

- Olen kertonut. Ja Sanni kertoi myös, Kristiania hymyilytti. - Tietenkin he ovat innokkaita tapaamaan sinut. Sanni on heille hyvin tärkeä. He ottavat mielellään Sannin hoitoon, mutta itse asiassa, tämä on ensimmäinen kerta, kun olen erossa Sannista näin pitkään. Yleensä jos Sanni pääsee heille yökylään, minä olen tunkenut sinne myös, Kristian nauroi. - En vaan kestä olla erossa Sannista ja olla yksin tyhjässä

talossa. Nyt tilanne on eri, kun minulla on sinut.
- Miten he suhtautuivat? Hannele esitti kysymyksen
ja pelkäsi vastausta.
- Loistavasti. Liisa ja Lasse ovat mukavia ihmisiä.
Tietenkin he surevat Maria, ikuisesti, mutta he otta-
vat ilon vastaan aina kun se on mahdollista. Sanni on
yksi heidän suurimmista ilon aiheistaan. He eivät
pane pahakseen, että tapailen naisia. Siis naista. He
ovat melkeinpä painostaneet minua osallistumaan
kaiken maailman tinderehin. Hyi olkoon... Kristia-
nia puistatti. - Mutta nyt sekin uhka on voitettu, kun
valloitin sinut ihan ilman minkäänlaista sovellusta.
- Ai valloitit? Hannelea alkoi naurattaa.
- Valloitin, valloitin... Kristian sanoi ja nousi pöy-
dästä. - Tulepas sieltä, nainen, mennään ihailemaan
sitä takkatulta.

Hannele heräsi ruusulakanoiden välistä ja katseli
vieressään nukkuvaa miestä. Hämärässä huoneessa
Kristian näytti viattomalta pikkupojalta pörröisine
hiuksineen. Huulten välistä tuli uloshengityksen
mukana pieni puhallus, mikä oli aivan vastustamat-
toman suloista. Hannele nousi sängystä ja lähti keit-
tämään kahvia.
Hannele oli jo syönyt aamupalan ja käynyt ulkona-
kin, kun Kristian kömpi makuuhuoneesta tukka pys-
tyssä.
- Huomenta, miksi et herättänyt?
- Sinulla on harvoin tilaisuus nukkua. Sitä paitsi näy-
tit söpöltä.

- En halua tuhlata aikaa nukkumiseen… Kristian antoi suukon ja istui pöytään.

- Kävin ulkona. Mennäänkö kävelylle, kun olet syönyt?

Loppusyksyn harmauteen tuli pieni pilkahdus pilven takaa kurkistavan auringon myötä. Maa oli märkä eilisen sateen jäljiltä. Hannele laittoi saappaat jalkaan ja pipon päähän. Kristian näytti aivan oikealta metsurilta Kontio-saappaissaan ja maastopuvussaan. Hannele piti kaikista vuodenajoista, vaikka syksyn pimeys välillä otti voimille. Värit ja erilaiset tunnelmat antoivat ideoita luovaan työhön.

He menivät rantaan. Pian järvi jäätyisi, mutta vielä nyt pystyi näkemään kirkkaan veden läpi sileän hiekkapohjan. Vähän matkan päässä oli pieni saari. Puut reunustivat rantaa kauniisti.

- Tässä on mukava polskia kesällä, Kristian sanoi.

- Tai miksei talvellakin? Haluatko koittaa?

- Avantouinti olisi kyllä terveellistä… Mitä jos sinä näytät mallia? Minä mietin vielä.

Kristian nauroi.

- Ehkä kesällä sitten. Talvella poreamme houkuttelee kyllä enemmän.

He nousivat mökin takana olevalle mäelle. Sieltä näki kauas. Järvi oli paljon suurempi kuin Hannele oli ensin ajatellut. Kun puissa ei ollut lehtiä, näköala oli jopa parempi kuin kesällä.

- Onko tuo veljesi talo? Hannele osoitti puiden taakse, mistä näkyi talon katto.

- On, tai tila on äidin vanhempien kotitila. He ovat

molemmat jo kuolleet. Onneksi Konsta suostui ottamaan tilan vastuulleen. Muuten se olisi ränsistynyt. Heillä on jotain pientä viljelystäkin, luomua tietenkin, mutta Konsta käy kyllä päivätöissä rahoittaakseen harrastustaan. Haluaisitko käydä siellä? Sinne ei ole pitkä matka, kuten pusikossa lymyilleestä tonttu - Konstasta voimme päätellä... Pieninä juoksimme tuota väliä yhtenään, mökiltä mummolle ja takaisin.

Hannelea alkoi jännittää. Kristian tuskin painostaisi häntä mihinkään. Toisaalta Hannele oli utelias näkemään Kristianin veljiä. He tuntuivat olevan läheisiä toisilleen. Hänellä ei ollut sisaruksia ja hän oli kaivannut niitä usein.

- Joo mennään, Hannele sanoi reippaasti.

Kristianin kasvot venähtivät, hän ei ollut odottanut myönteistä vastausta. Mies näytti melkeinpä pettyneeltä.

- Ai haluat? Oikeasti? Toinen vaihtoehto olisi mennä takaisin mökille ja laittaa vaikka sauna lämpiämään? Houkuttelevaa, eikö? Minä ja sauna? Takkatuli?

Hannele nauroi.

- Saunotaan toisella kertaa. Haluan kiittää Konstaa upeasta ateriasta.

Kristian otti Hannelen kädestä kiinni ja he lähtivät kävelemään pientä tietä eteenpäin. Puolisen kilometriä käveltyään he saapuivat vanhan maalaistalon pihaan. Pihapiirissä oli aittoja ja leikkimökki, varastoja, työkaluja ja -koneita. Kaikkea mitä maataloissa yleensä on. Heitä vastaan juoksi pyylevä mustavalkoinen paimenkoira häntää heiluttaen.

Kristian kyykistyi maahan ja kutsui koiraa luokseen.

- Bertta! Kukas se siinä...

- Bertta? ihmetteli Hannele. - Jo on koiralla nimi.

Hänkin kyykistyi rapsuttelemaan koiraa, joka ilmiselvästi tunnisti vieraan.

Pian ulko-ovesta kurkisti mies ja nainen. He tulivat tohkeissaan rappusia alas tohveleissa ja ilman takkia, hymyillen leveästi.

- Bertta ilmoitti, että on vieraita pihassa, mies sanoi.

- Kukas se täällä onkaan, pikku-Krisu, mies tuli ja kaappasi Kristianin syleilyynsä.

Mies oli kuin vanhempi painos Kristianista. Hän oli harmaantunut charmantisti ohimoilta, hiukset olivat vahvat ja hymy leveä. Jopa hymykuoppa oli samalla paikalla poskessa. Olikohan se heidän geeneissään, ehti Hannele tuumia. Kaunis nainen hänen vanavedessään odotti halausvuoroaan.

- Ja sinä olet Hannele, Konsta siirtyi Hannelen luo.

- Olet siis oikeasti olemassa, minulla oli epäilykseni. Tässä on vaimoni Kaarina. Mennään sisälle, täällä on kylmä. Onpa mukavaa, kun tulitte. Meillä onkin ruokaa tuloillaan, pääsette pöytään.

Kristian otti taas Hannelen käden omaansa ja oli pyörittelevinään silmiään. Mutta oikeasti hän oli iloinen nähdessään veljensä, sen huomasi.

Tämäkin vanha rakennus oli kauniisti entisöity. Keittiössä oli kaikki modernit kalusteet ja koneet, mutta alkuperäinen tupa oli jätetty ennalleen. Konsta ohjasi heidät salin puolelle pöytään.

- Oliko mökissä lämmin? Konsta kysyi. - Polttelin siellä puita aamusta asti. Kaarina soitteli perään, että töihin sieltä, mutta minä sanoin, etten nyt voi jättää tätä tärkeää tehtävää minkä Kristian antoi. Syöksyin sieltä ulos aivan viime tingassa, kun olitte jo pihassa.

- Älä nyt laita Krisun syyksi, Kaarina sanoi väliin.

- Kiitos, oli ja haluan kiittää myös ateriasta. Todella hyvää, Hannele sanoi.

- No mitä lie, vasemmalla kädellä väsättyä... Konsta velmuili, mutta oli mielissään kehuista.

- Sinä olet vasenkätinen, Kristian tokaisi huvittuneena.

Kaarina kantoi pöytään ruokaa. Hannele epäili, olivatko he aavistaneet saavansa vieraita, vai oliko heidän normaali sunnuntai-lounaansa näin ylenpalttinen. Keskustelu soljui luontevasti. Kaarina ja Konsta olivat kiinnostuneita Hannelen kultaseppäopinnoista. He molemmat olivat käsityöläisiä ja osasivat arvostaa erilaisia käden taitoja. Konsta kyseli myös Sannin viimeisimmät kuulumiset. Tuli selväksi, että entiset appivanhemmat Liisa ja Lasse ovat kuin perhettä.

- Kerrankin Sanni pääsi mummolaan ilman Krisua, hohotteli Konsta. - Oikein hyvä, oikein hyvä. Meitä alkoi huolettaa, että Krisu roikkuu kintereillä vielä kun Sanni on teini.

Kun ateria oli nautittu ja kahvit juotu, alkoi Kristian tehdä lähtöä.

- Sanni tulee takaisin viiden aikaan. Silloin pitää olla jo kotona. Kiitos Kaarina, ja kiitos Konsta. Ruoka oli hyvää, kuten aina. Nähdään.

Konsta ja Kaarina saattelivat heidät pihalle asti.

- Pikku-Krisu… Hannele kiusoitteli, kun he kävelivät mökille.

- No varmasti sinäkin olet ollut "Hansu", älä yritä väittää vastaan, Kristian nauroi.

Oli oikeastaan hieman surullista, että Hannele ei ole ollut koskaan Hansu, eikä mikään muukaan. Vain Hannele. Jos hänellä olisi ollut isoveli, asia voisi olla toisin.

- Sinulla on aivan ihana veli. Ja Kaarina on aivan suloinen. Konsta muuten näyttää vähän sinulta. Ovatko muutkin veljesi samannäköisiä?

- No ei kyllä näytä yhtään, Kristian virnuili. - Kuin yö ja päivä.

- Mitä muut kolme veljeäsi tekevät?

- Karri on diplomaatti, taitaa olla jossain Ranskassa nyt. Kim asuu Lapissa perheineen, hänellä on pari hotellia Ylläksellä. Ja Kallella on mainostoimisto. Karri on meistä ainoa, joka on poikamies. Nyt kun minäkin olen suhteessa… Sinun kanssasi!

Hannele oli vaikuttunut, mutta Kristian oli vain tokaissut veljiensä hienot urat.

- Eikö perheessä ole yhtään mustaa lammasta?

- Se taidan olla minä, Kristian sanoi. - Ainakin nuorempana olin vähän väliä pulassa. Onneksi siitä sitten aikuistuin. Ja nyt olen viimeisen päälle herrasmies.

Mökissä oli mukavan lämmin, kun he tulivat viileästä sisään. Heillä oli vielä muutama tunti ennen kuin oli pakko lähteä. Sen kallisarvoisen ajan he päättivät käyttää toisiinsa.

Mökillä oli ollut niin täydellistä, että oli hiukan surullista lähteä pois. Hannele ymmärsi, että Kristianilla oli jo kova ikävä Sannia. Mies oli kestänyt eron hyvin, varsinkin jos tämä tosiaan oli ensimmäinen kerta koskaan.

He pakkasivat auton ja istuivat vielä hetken hiljaa katsellen viimeisen kerran maisemaa.

- Oliko sinulla hauskaa, Kristian kysyi.
- Oli, tämä oli hyvä idea.

Hannelen mielestä heidän suhteensa oli harpannut aimo askeleen eteenpäin. Konstan tapaaminen oli sujunut niin hyvin, ettei hän enää jännittänyt muitakaan tulevia tapaamisia.

- Minulla on nyt jo ikävä sinua, Kristian sanoi ja käynnisti auton.

Hiljaisina he ajoivat kaupunkiin. Kristian pysähtyi Hannelen talon eteen.

- Minun pitää hakea Sanni. Olisitko halunnut tulla mukaan?
- Ehkä toisella kertaa. Nyt on paljon sulateltavaa, sinulla ja Sannilla. Ja minulla. Ja minullakin on ikävä sinua... Hannele sanoi.

Monen suudelman jälkeen Hannele nousi autosta. Kristian heilautti kättään ja ajoi pois.

Hannele käveli taloonsa, mikä tuntui nyt autiommalta kuin koskaan. Toisten ihmisten lämpö puuttui kokonaan. Koskaan ennen Hannele ei ollut edes ajatellut, että kaipaisi parisuhdetta tai omaa perhettä, saati lapsia. Lukuisista sukulaisista puhumattakaan. He olivat aina olleet kolmestaan, isä, äiti ja hän. Isovanhemmat olivat jääneet etäisiksi. Suku oli pieni. Kristianin lämmin perheyhteys oli suorastaan tajunnanräjäyttävä. Entä ne lukuisat tunteenilmaukset, halaukset, suukot ja katseet. Hannelelle oli avautunut kokonaan uusi maailma. Tietenkin siinä oli opettelemista. Kun on ikänsä tottunut pidättyväisiin kohtaamisiin, tunteiden avoin näyttäminen tuntui oudolta.

Hannele oli kuitenkin päättänyt opetella näyttämään tunteensa, koska se tuntui niin ihanalta!

Illalla Kristian soitti.

- Sanni nukahti. Hänellä oli ollut hauskaa. Tuskin huomasi minua, kun menin hakemaan, Kristian sanoi allapäin.

- No äläs nyt. Varmasti hänellä oli ollut ikävä, Hannele nauroi. - Sitä paitsi tuohan kuulostaa hyvältä. Tyttäreläsi on "oma elämä", kuten sinullakin.

- Oli kyllä mahtavaa saada taas syliinsä se lämmin, pehmeä tyllerö, Kristian huokaisi. - Vaikka olet sinäkin lämmin ja pehmeä...ja mukavaa saada syliin. Ehkä kohtaamisia tulisi jatkossa enemmän.

7

Arkea juhlan edellä

Yhteinen viikonloppu kahdestaan, kaikessa lyhykäisyydessäänkin, oli lähentänyt Hannelea ja Kristiania. He olivat nyt pari. Käytännön syistä Sanni ja Kristian asuivat omassa kodissaan ja Hannele omassaan. Joskus harvoin, ehkä kerran viikossa, Hannele meni yöksi Kristianin kotiin.
Joulun suunnitelmat olivat jo täydessä vauhdissa. Hannelen vanhemmat lentäisivät Suomeen jouluviikolla. Kristian oli yrittänyt luovia oman perheensä ja Hannelen vanhempien välillä löytääkseen yhteisen nimittäjän, mutta se tuntui olevan mahdotonta. Kaikki oli siis vielä auki.
Hannele oli mennyt koulun jälkeen Kristianille. He istuivat pöydän ääressä ja miettivät.
- Sinun perheesi haluaa sinut ja Sannin tietenkin aatoksi heille? Ymmärrän sen hyvin.
- Ja sinut, tietenkin, Kristian sanoi. - Ja toki vanhempasi voivat tulla myös.
- En ole vakuuttunut, että isä ja äiti haluaisivat viettää joulua ventovieraiden kanssa, Hannele sanoi, - niin hauskoja kuin veljesi perheet varmasti ovatkin, Hannele korjasi heti perään. - Minulle käy hyvin, että sinä ja Sanni olette joulun perheenne luona. Minä olen isän ja äidin kanssa kotona.
- Sinä olet nyt minun perhettäni, rakas Hannele. Haluan viettää joulun sinun kanssasi, olen viettänyt

105

perheen kanssa jo kolmekymmentä joulua…Kristian murjotti kuin pikkupoika.

Kristianin ilme oli huvittava ja Hannele naurahti.

- Ihan totta, minun jouluni ei mene pilalle siitä, että olette aaton vanhempiesi luona. Meidän jouluperinteet ovat enemmän aikuiseen makuun, hiljaisuutta, joulurauhaa ja kynttilöitä.

- Luenko rivien välistä, ettet halua viettää joulua mekastavien ihmisten kanssa?

Jos Hannele oli itselleen ihan rehellinen, juuri näin se oli. Joulu oli aina ollut hänelle harras ja ihana juhla. Hyvä ruoka hämärässä salissa oli aaton ehdoton kohokohta. Heillä ei käynyt joulupukkia edes silloin, kun Hannele oli pieni tyttö. Tässä oli jälleen yksi asia, mikä vaati yhteen sovittelua. Hannele soi Sannille perinteisen joulun joulupukkeineen ja lahjoineen, siitä ei ollut kysymys.

- Sannille voisi tulla tylsää täällä pelkkien aikuisten kanssa, Hannele yritti selittää. - Ja isovanhemmat haluavat nähdä Sannin ilon. Se on heille tärkeää.

- Hyvä on. Olet viisas nainen.

Hannele oli helpottunut, ettei joulun vietosta tullut riitaa. Jouluja olisi vielä kymmeniä edessä. Nyt oli kuitenkin liian varhaista katkaista kymmenien vuosien perinteet.

Koulussa ahkerointi jatkui viimeiseen asti. Ninan vatsa oli alkanut jo hiukan pyöristyä. Hän viettäisi joulun pohjoisessa. Hän tulisi kuitenkin loppiaisen jälkeen vielä kouluun, kunnes jää keväällä vanhempainvapaalle. Synnytys osuisi sopivasti kesäloman aikaan. Jos kaikki menisi hyvin, Nina voisi syksyllä suorittaa opinnot loppuun. Hän oli edistynyt hyvin, kun oli päässyt ylimääräisestä taakasta eli Tomasista.

Tomasin opinnot sen sijaan eivät edistyneet yhtä hyvin. Itse asiassa, alkoi näyttää hyvin epätodennäköiseltä, että Tomas valmistuisi ollenkaan. Miestä näkyi koululla harvoin. Silloin kun Tomas ylipäänsä ilmestyi, hän näytti juhlineen koko yön. Muutenkin ennen niin itsevarma olemus alkoi olla entinen. Ellei mies ryhdistäydy, kultasepän tutkinto jää haaveeksi. Ehkä isä kuitenkin ottaa poikansa firman toimitusjohtajaksi ilman tutkintojakin.

Nina ja Hannele istuivat kahvilla, kun Tomas tuli kouluun pari tuntia myöhässä. Hannelen mielestä mies ei näyttänyt enää niin ylettömän ylimieliseltä kuin aikaisemmin. Melkein arastellen hän vilkaisi tyttöjen pöytään, kun haki itselleen kahvin. Hetken harkittuaan Tomas suuntasi heidän pöytäänsä.
- Saanko istua? Tomas kysyi ja katsoi Ninaan.
Nina ja Hannele katsoivat toisiaan.
- Istu vaan, Nina sanoi.
Hannele katsoi ihmeissään Tomasin olemusta. Pöyhkeä ulkokuori oli tiessään ja tilalla oli nöyrtynyt nuori mies. Oliko tämä jälleen joku uusi juoni? Uusi kikka, millä saada Nina koukkuun. Hannele tiesi, että Nina rakasti Tomasia edelleen. Lapsensa takia hän oli kuitenkin repäissyt itsensä irti tuhoisasta suhteesta. Se oli vaatinut vahvaa tahtoa ja ollut tuskal-

lista.

- Onneksi olkoon, Hannele, kilpailuun pääsystä, Tomas sanoi ja hymyili Hannelelle kuin normaali ihminen. - Vaikuttava suoritus. Se on arvostettu kilpailu. Minä tiedän.

Hannelella loksahti suu auki. Nyt on maailman kirjat sekaisin. Ehkä Tomas on saanut uuden lääkityksen.

- Nina, kuinka olet voinut? Tomas kysyi.

Hannele huomasi, miten Nina värähti. Varmasti Nina oli kaivannut noita sanoja.

- Paremmin kuin koskaan. Olen täynnä virtaa.

Hannele kyllä uskoi tuon kaiken. Nina oli oikea tarmonpesä. Ei mitään pahoinvointia, väsymystä, masennusta tai edes painonnousua. Nina oli suorastaan kasvanut naisena. Hänen itsevarmuutensakin oli pilvissä. Nainen todellakin kukoisti.

- Näytät hyvältä, Tomas sanoi ja varmasti tarkoitti mitä sanoi. Nina näytti hyvältä.

Aika pian Hannele huomasi olevansa tässä seurassa kolmas pyörä ja nousi. Tomasilla ja Ninalla olisi puhuttavaa. Kenties Tomas oli ajatellut tulevaisuutta, lapsi oli kuitenkin asia, joka vaikuttaisi hänenkin loppuelämäänsä.

Pariskunta ei edes huomannut Hannelen lähtöä.

Hannele oli hiukan huolissaan, mutta uskoi Ninan oppineen jotain syksyn mittaan. Tomas ei pysty enää huijaamaan Ninaa. Hannele tietenkin toivoi, että he saisivat puhuttua asiat selviksi. Se olisi lapsenkin kannalta hyvä.

Hannele oli jättänyt kilpailutyönsä hautumaan hetkeksi. Toukokuussa työt pitää lähettää jurylle arvosteltavaksi ja elokuun lopussa on palkintojuhla, missä julkaistaan voittajat. Hannele ei uskaltanut toivoa hyvää sijoitusta, mutta kilpailu jännitti häntä paljon. Kaikki se, mistä hän oli joskus unelmoinut, oli käden ulottuvilla, mikäli hän onnistuisi.

Nyt Hannelella oli työn alla tärkeä projekti. Hän oli suunnitellut Kristianille joululahjaksi kaulakorun. Se oli kultainen ketju, johon oli upotettu yhteen kohtaan timantti. Koru ei ollut mitenkään pramea vaan pikemminkin yksinkertaisen tyylikäs. Hannelella oli idea, että timantti kuvaa Sannia. Näin tytär olisi isänsä "iholla" päivittäin.

Heidän perheessään ei ollut tapana ostella joululahjoja. Korkeintaan jotain tarpeellista, kuten puhelin tai lentolippu. Tai koruja, tietenkin. Hannelella oli myös Sannille pieni paketti. Tyttö saisi varmasti röykkiöittäin lahjoja isovanhemmiltaan ja sediltään. Päivä päivältä koulu tyhjeni, kun opiskelijat lähtivät kotipaikkakunnilleen joulun viettoon. Hannele oli viimeisiä, joka puursi huoneessaan. Kristianin luokka oli aloittanut loman jo toissapäivänä. Nyt mies kuulemma teki joulusiivoa kotonaan. Hannele epäili tätä suuresti, mutta teeskenteli uskovansa.

Illalla isä ja äiti tulisivat kotiin. Hannele oli iloinen nähdessään heidät pitkästä aikaa.

Hannele tarkasteli Kristianille tekemäänsä korua. Hän oli itse tyytyväinen tulokseen. Toivottavasti se

olisi saajalleenkin mieluinen. Hän asetteli sen rasi-
aan.

Aki tuli käymään Hannelen huoneessa.

- Hyvää lomaa, Hannele.

Aki vilkaisi pöydällä olevaa ketjua.

- Saanko katsoa? Aki kysyi ja odottamatta vastausta
nosti korun käteensä.

Hän tutki sitä hetken.

- Upea! Sinulla on ideoita ja näkemystä, se on pakko
tunnustaa, Aki sanoi. - Hieno tulevaisuus odottaa
sinua, en epäile sitä hetkeäkään. En ihmettelisi,
vaikka sinut napattaisiin maailmalle täältä pienestä
Suomesta. Mutta muistahan levätä lomalla. Hei
vaan.

Hannele ilahtui Akin sanoista, mutta yhtäkkiä suun-
nitelma maailmalle lähdöstä ei tuntunutkaan enää
niin hyvältä kuin ennen. Entä Kristian ja Sanni? Aja-
tus siitä, että hän joutuisi eroamaan heistä tuntui
aivan kestämättömältä. Eikä Hannele voisi missään
nimessä vaatia heitä jättämään kaikkea ja lähtemään
maailmalle hänen takiaan. Ura korusuunnittelun
maailmassa oli ollut Hannelen unelma jo kauan.

Hannele ravisti päätään. Hän ei ole voittanut vielä
yhtään mitään, kukaan ei ole tarjonnut sopimusta
eikä edes työpaikkaa tai ammattitutkintoa ollut tas-
kussa, joten oli liian aikaista surra mokomaa.

Hannele lähti kotiin odottamaan vanhempiaan.

Taksi kaarsi oven eteen täsmällisesti. Hannele meni
vanhempiaan vastaan. Äiti purskahti itkuun Hanne-

len nähdessään. - Pitkästä aikaa...tyttöseni, minulla on ollut ikävä, nyyhki äiti, kun halasi Hannelea.

Isä suhtautui maltillisemmin, vaikka hänkin tuntui olevan liikuttunut. Molemmat näyttivät voivan hyvin, Hannele totesi mielessään. Meri-ilmasto teki ilmeisesti heille hyvää.

Hannele oli siivonnut ja pedannut heidän sänkynsä valmiiksi. Myös ruoka oli valmiina. He istuivat pöytään.

- Missä sinun rakkaasi on? kysyi äiti suorasukaisesti.

- Luulin että hän olisi täällä.

- Kristian on kotonaan. Sovimme, että hän ja Sanni ovat aattona isovanhemmilla. Sinne tulee myös veljet perheineen.

Äiti näytti pettyneeltä ja harmistuneelta. - Olin odottanut kovasti Kristianin tapaamista.

Hannele toivoi, ettei asiasta syntyisi yhtään enempää kinaa. He olivat kuitenkin keskenään asian jo sopineet.

- Eiköhän tapaaminen onnistu joulunpyhien aikana, Hannele sanoi jo hieman kireyttä äänessään.

Isä puuttui keskusteluun sovittelevaan tapaansa. - Mukavaa, että saadaan pari päivää levähtää täällä kotona keskenään pitkän matkan jälkeen. Kerätään voimia jännittävään tapahtumaan.

Hannele katsoi kiitollisena isää. Moni asia voisi mennä pieleen, kun Hannele esittelisi vanhempansa Kristianille. Heidän perheensä olivat aivan eri maailmasta.

Loppuilta sujui kuitenkin leppoisasti. Vanhempia

kiinnosti Hannelen edistyminen opinnoissa ja kilpailuun osallistuminen.

- Pidetään peukkuja, äiti sanoi. - Tuo on ollut haaveesi. Olet lähellä onnistumista.

Äiti ja isä menivät huoneeseensa jo varhain. Lentomatka väsytti. Huomenna olisi jouluaatto. Hannele istui vielä olohuoneessa ja tekstaili Kristianille. *"Äiti kysyi heti sinua"* Hannele viestitti. *"Hän ei varmaan usko että olet olemassa ennen kuin näkee"*. Kristiania nauratti. *"Nähdään pian. Toivottavasti kelpaan sellaisena kuin olen"*. *"Minulle kelpaat"*, Hannele vastasi. *"muulla ei ole väliä. Minulla on ikävä"*. *"Minullakin"*.

Hannele heräsi ääniin, eikä aluksi muistanut ollenkaan, että talossa oli muitakin. Hän nousi ylös ja meni alakertaan. Äiti touhusi keittiössä täyttä häkää.

- Hannele, huomenta. Ota kahvia. Eikö sinulla tyttöparalla ole mitään ruokaa jääkaapissa? Me lähdetään nyt isän kanssa kauppaan ostamaan jouluruokia.

- Tulenko mukaan? Hannele kysyi.

- Ei ei, me pärjätään. Mukavaa päästä tutuille kulmille pitkästä aikaa.

Hannele jäi kahvikupin kanssa istumaan keittiöön. Hän oli koristellut tekokuusen valmiiksi ja vienyt pienet paketit äidille ja isälle kuusen alle. Kristianin ja Sannin lahjat olivat hänen huoneessaan.

Aattoaamu oli harmaa ja sateinen, kuten usein. Hannele tunsi itsensä hiukan apeaksi joululauluista ja kynttilöistä huolimatta. Oliko hän tehnyt virheen, kun ei toivonut yhteistä joulua Kristianin kanssa? Kaikki oli aina aivan erilaista, hauskempaa, Kristianin seurassa. Puhumattakaan Sannin höpsöistä jutuista. Hannelelle tuli valtava ikävä heitä molempia. Kenties ensi joulu olisi erilainen. Ehkä heistä on siihen mennessä muotoutunut oikea perhe omine traditioineen. Toivottavasti.

Iltapäivä sujui keittiössä. Onneksi äiti oli ostanut paljon valmista ruokaa, lämmittäminen olisi helppoa. Ennen päivällistä he kävivät kuitenkin vielä hautausmaalla. Se oli aina koskettava hetki jouluaaton hämärässä illassa ja Hannele oli iloinen, että he tekivät sen joka joulu.

Viiden aikaan he asettuivat syömään. Pöytä oli kauniisti katettu. Kynttilät paloivat . Äiti osasi nämä asiat. Vaikka pöydässä oli paljon eineksiä, ne oli laitettu niin hienosti esille, ettei sitä olisi voinut arvata.

- Hyvää joulua, isä sanoi. - Ja hyvää ruokahalua.

- Bon appetit.

Hannele oli juuri iskemässä haarukkansa perunaan, kun ovikello soi. He katsoivat toisiinsa.

- Kutsuitteko tuttavia? Hannele katsoi kysyvästi äitiinsä. - Kenet?

- En minä ainakaan, äiti sanoi.

- Joulupukki? Isä ehdotti.

Hannele nousi pöydästä ja meni avaamaan oven. Siellä oli Kristian.

- Hyvää joulua!

Hannele tuijotti miestä. Mikä yllätys. Ihana yllätys. Kristian oli pukeutunut tyylikkääseen tummansini- seen pukuun. Hiukset oli ojennuksessa ja kädessä oli kukkakimppu. Kristian oli kuin suoraan jostain ku- vastosta leikattu upea malli. Puvun väri korosti sil- mien väriä. Aivan nappivalinta.

- Niin, tuota, seisonko tässä ovella vielä kauan vai pääsenkö sisään, Kristian hymyili.

Hannele oli aivan häkeltynyt, mutta valtavan ilahtu- nut.

- Kristian? Tulitko yksin? Entä Sanni? Missä hän on? Ei kai hänelle tule paha mieli?

- Sinne hän jäi leikkimään serkkujen kanssa, mum- mot hössöttää ja hukuttaa lapset lahjoihin.

- Ihanaa kun tulit, Hannele tarkoitti sitä todella.

- Olemme juuri syömässä, oletko syönyt? Meillä ei ole Konstan valmistaman veroista ruokaa, mutta jotain.

- Odota… Kristian otti Hannelen kädestä kiinni.

- Ovatko vanhempasi siellä? Esitteletkö minut heil- le? Miltä näytän? Minua jännittää. Ostin paniikissa kukkiakin. Ajattelin antaa ne äidillesi.

Kristian näytti nyrkissä hieman rutistunutta joulu- kukkapuskaa.

- Näytät aivan häikäisevän komealta. En ole koskaan nähnyt sinua tuollaisena. Melkein hermostuttaa, olet kuin filmitähti. Oletko sinä edes Kristian?

Kristian luuli, että Hannele pilaili ja alkoi nauraa.

- Juupa juu, ihan varmasti. Sain vähän apua naisilta. Kaarina laittoi hiuksiani varmaan vartin. Niissä on

114

lakkaakin niin paljon, ettei minun kannata mennä
lähelle kynttilää.

Hannele oli kuitenkin aivan tosissaan. Kristian näytti
kerta kaikkiaan upealta puvussaan. Arkisin mies
pukeutui urheilullisesti ja rennosti. Pienen lapsen
kanssa se oli järkevää.

Hannele meni edeltä saliin.

- Meille tuli yllätysvieras. Tässä on Kristian.

Äiti ja isä nousivat pöydästä ja tulivat tervehtimään.
Kristian ojensi kohteliaasti kätensä ja hymyili val-
loittavasti. Punastuiko äiti? Hannele pani merkille,
että kerrankin äiti oli sanaton. Isä myhäili ja pyysi
Kristiania istumaan pöytään.

Sitä ennen Kristian ojensi äidille kukkakimpun.

- Se vähän rytistyi tuolla autossa...Kristian sanoi
nolona.

- Aivan upeat amaryllikset, laitan tämän veteen.

Hannele hymyili rohkaisevasti Kristianille. He söi-
vät joulupäivällisen.

Ruuan jälkeen he menivät olohuoneeseen istumaan
ja juomaan kahvia.

- Suklaata, se kuuluu juhlaan, isä sanoi ja tarjosi
konvehteja.

- Vain yksi tai kaksi, äiti varoitteli isää. - Muista
verensokeri.

Hannele ja Kristian istuivat lähekkäin. Kristian lait-
toi kätensä Hannelen hartioiden ympärille ja haisteli
hänen hiuksiaan. - Tuoksut hyvälle.

Hannele yskäisi. Unohtiko Kristian, että Hannelen

isä ja äiti istuvat tuossa vastapäätä. Kuten todettu, spontaanit tunteenilmaukset eivät tässä perheessä olleet tavanomaisia.

Isää hymyilytti. Olihan hänkin ollut joskus nuori.

- Sinulla Kristian on siis pieni tytär?

- On, Sanni. Täyttää tapaninpäivänä kolme vuotta. Hän jäi mummojen hoitoon. Minä sain vapaaillan…ja tulin suorinta tietä Hannelen luo, Kristian katsoi Hannelen silmiin ja nyt Hannele punastui.

- Vapaaillat ovat varmaan harvinaisia yksinhuoltajaisän arjessa? äiti yritti pitää keskustelun asiallisena.

- Hyvin harvinaisia. En minä niitä ole kaivannutkaan, Kristian sanoi. - Luultavasti enemmän Sanni kaipaa vapaata isästään. Minulla on ollut paha tapa roikkua lapsessani. Toivon että se helpottaa vähitellen, kun saan muuta ajateltavaa.

Kristian katsoi taas hymyillen Hannelen silmiin ja Hannele oli jo aivan hyytelöä. Vanhempien silmien edessä oli vaikeaa pitää pokkaa.

Isä nousi ja sanoi äidille: Mennäänkö lepäämään hetkeksi? Alkaa ruoka painaa vatsassa.

Oikeasti isä huomasi, että nuoret tarvitsivat nyt hetken aivan keskenään. Hannele ei ollut mikään yllätysten ystävä ja vaikka yllätys oli ollut mieluinen, valmistautuminen oli jäänyt heikohkoksi. Hannele tunsi olevansa jopa alipukeutunut tämän komean pukumiehen rinnalla.

Vanhemmat lähtivät yläkertaan.

Kun vanhemmat olivat kadonneet näköpiiristä, Kristian suuteli Hannelea.

- Minulla on suuria vaikeuksia pitää näppini erossa sinusta, Kristian sanoi vihdoin. - Ei kai sitä huomannut...

- Hmm.

- Oli huono idea, että vietämme joulun erillään, Kristian totesi. - Tosi huono.

- Niin oli, myönsi Hannele. - En tajunnut, kuinka paljon kaipaisin teitä. Pitääkö sinun hakea Sanni tänä iltana?

Kello oli yli seitsemän. Tytön nukkumaanmenoaika oli käsillä. Hannelea ahdisti, että Kristian lähtisi ja hän jäisi yksin. Hän ei olisi halunnut päästää irti noista silmistä.

- Kyllä minä ajattelin hakea Sannin. On sentään jouluaatto.

Hannele puri huultaan ettei alkaisi itkeä. Mikä vauva hän oli, itkeä nyt kuin pieni lapsi ikäväänsä. Tietenkin Kristian halusi olla lapsensa kanssa, varsinkin juhlapäivänä. Olihan täällä äiti ja isä. Se oli kuitenkin vain kalpea korvike sille, että saisi olla yhdessä Kristianin kanssa.

Kristian pani merkille Hannelen pettymyksen.

- Mutta sinut minä otan kyllä mukaani, Kristian sanoi reippaasti. - Koitapas estää. Se on minun joululahjani. Käypä sanomassa vanhemmillesi, että lähdet yökylään. Tullaan aamulla sitten koko porukka tänne riehumaan.

Hannelea ei tarvinnut toista kertaa käskeä, kun hän riensi yläkertaan. Hän koputti vanhempiensa makuuhuoneen oveen. Jostain syystä hän tunsi itsensä teini-ikäiseksi isän ja äidin edessä. Se oli noloa. Sentään aikuinen nainen.

- Ettehän pahastu, jos lähden Kristianille yöksi? Haemme Sanninkin kotiin.

Vanhemmat vilkaisivat toisiinsa ja hymyilivät.

- Ei tietenkään, isä sanoi. - Oli mukava tavata Kristian. Oikein kiva nuori mies tuntuu olevan.

- Komean pojan olet löytänytkin, äiti sanoi. - Ja taitaa tykätä sinusta kovasti.

Hannele hymyili.

- Ajateltiin niin, että tullaan tänne aamulla Sannin kanssa. Sopiiko se teille?

- Aivan mahtavaa, isä sanoi. - Oikea joulun ihme.

Hannele kävi hakemassa huoneestaan Sannin ja Kristianin joululahjat. Tästä saattoi olla tulossa paras joulu ikinä.

Oli alkanut sataa lunta. Täydellinen joulusää. Kristian oli juuri lähdössä liikkeelle, kun Hannele sanoi: Odota! Hän ojensi Kristianille joululahjansa.

Kristian avasi rasian ja otti korun käteensä. Kumpikaan ei sanonut mitään. Hannele alkoi huolestua.

- Tuota… Minulla oli ajatus, että ketjun keskellä oleva timantti kuvaa ikään kuin Sannia. Näin Sanni on lähellä sydäntäsi, Hannele alkoi selittää levottomana, kun Kristian oli vain hiljaa. Eikö mies pitänytkään korusta.

Kristian laski korun syliinsä. Oliko hänen silmäkulmassaan kyyneliä? Hannele ei nähnyt hämärässä autossa tarkasti. Oliko lahja mennyt kuitenkin pieleen?

- Hannele, mikä suurenmoinen lahja. Olen liikuttunut. Kiitos. Voisitko auttaa, haluan laittaa sen heti kaulaan.

Kristian antoi korun Hannelelle. Hannele oli vuosien varrella pelannut erilaisten lukkojen kanssa tuhansia kertoja, joten tämäkin onnistuisi pimeässä tai vaikka silmät ummessa. Hän kumartui Kristianin puoleen ja laittoi kädet hänen kaulansa ympärille. Kristian puolestaan laittoi kädet hänen vyötärölleen ja Hannelen ajatus harhautui miehen läheisyydessä niin, ettei lukko osunut kohdalleen sitten millään. Hannele alkoi nauraa.

- Mikäs tässä nyt... Odotas. Noh...

Kristian odotti kärsivällisesti paikoillaan. Hannele kokosi itsensä ja sai kuin saikin lukon kiinni.

- Arvostan todella paljon tätä, Kristian sanoi ja kuulosti liikuttuneelta.

Hannele oli mielissään. Koru sopi Kristianille, se oli tarpeeksi miehekäs, sopivan tyylikäs ja silti näyttävä ja erilainen.

He ajoivat Kristianin vanhempien talolle ja nyt oli Hannelen vuoro alkaa jännittää. Koolla oli koko suku. Ihmisiä oli paljon. Hannele ei ollut varma, kuinka selviäisi hälinästä ja touhusta.

- Minä huolehdin sinusta, sanoi Kristian, kun he

astuivat ulos autosta ja kävelivät käsi kädessä koti valaistua taloa.

He astuivat saliin ja ensimmäisenä Hannelen luo juoksi Sanni. Hannele nosti pienen tytön syliinsä. Pian koko suuri hälisevä seurue oli heidän ympärillään. Kaikki katselivat paria uteliaina. Kristian nosti Sannin lattialle ja aloitti esittelykierroksen.

- Tässä on Hannele, ihana kaunis nainen, joka on onnekseni huolinut minut omakseen. Sanokaa päivää!

- Päivää, kuului kuorossa ja naurahtelua.

Vanhempi pariskunta lähestyi heitä. Hannele jäykistyi, kun tajusi, että tässä olivat Marin vanhemmat.

- Liisa ja Lasse, tässä on Hannele, Kristian sanoi.

- Hyvää joulua, mukavaa nähdä Kristian noin loistavalla tuulella. Sinulla on ollut selvästikin hyvä vaikutus häneen, Lasse sanoi.

Seuraavaksi vuorossa oli toinen pariskunta ja Hannele tunnisti miehen tutun hymykuopan.

- Minun isäni ja äitini, ja Hannele.

Kristianin vanhemmat hymyilivät ja tulivat halaamaan lämpimästi Hannelea. Se tuntui mukavalta.

Konsta ja Kaarina tulivat tervehtimään heitä myös. Kaarina huomasi heti Kristianin kaulaketjun.

- Mikä tuo on? Onpa upea.

- Se on Hannelen suunnittelema ja valmistama, Kristian sanoi ylpeänä.

- Todellakin, Kaarina sanoi. - Sopii sinulle. Varsinkin nyt kun olet puku pykälässä. Mitä sanot, Hanne-

le, eikös saatukin Kristianista aika komea ilmestys?
Vaatihan se ihan hitosti työtä, mutta tulos on kyllä
mainio.

Hannele nauroi.

- Totta, en meinannut tunnistaa…

Kristian nauroi myös. - Vai hitosti työtä, uskon sen!
Nopeaan tahtiin tuli veljiä, veljien vaimoja, lapsia,
serkkuja ja vaikka mitä. Puoliakaan Hannele ei
muistanut enää kierroksen lopussa. Kaikki olivat
kuitenkin hyvin ystävällisiä ja iloisia.

Kristian otti Sannin kainaloonsa. Iso pussillinen lah-
joja lähti mukaan myös.

- Näkemiin, ystävät ja kylänmiehet, me lähdemme
nyt kotiin.

Muu joukko jäi vielä pitämään hauskaa. Tämä jou-
lunvietto oli kyllä erilaista kuin Hannelen perheen
harras ja hiljainen aattoilta.

Sanni oli aivan väsyksissä, kun he pääsivät perille.
Kristian peitteli Sannin sänkyyn ja tyttö nukahti heti.
Hannele kaivoi sillä aikaa jääkaapista ruokia pöy-
tään. He voisivat nauttia myöhäisen jouluillallisen
kahdestaan. Aattoiltaa oli jäljellä vielä monta tuntia.
Kristian tuli keittiöön. Hän oli vaihtanut vaatteita.

- Voi ei, missä puku… marisi Hannele. - Se todella
sopi sinulle.

- Puku on kaapissa, odottamassa seuraavaa juhlaa. Ei
makeaa mahan täydeltä.

Kristian ojensi Hannelelle joulupaketin.

- Hyvää joulua, Hannele.

- Kiitos.

Mitähän paketissa mahtoi olla? Se oli aika iso ja painava. Kristianin tyyliin ei sopinut tavanomaiset parfyymit tai yöpaidat. Koruja hän tuskin ostaa Hannelen ammatin takia. Eikä näytä siltä että siellä olisi lahjakorttikaan. Se tosin olisi aika tylsä ratkaisu. Hannelea jännitti. Varovasti hän alkoi repiä tonttupaperin teippejä auki.

- Oletko ihan itse paketoinut… Hannele kysyi.

- Kyllä. Aika hieno paketti, eikö? Kristiania näytti jännittävän melkein enemmän kuin Hannelea.

- Hieno on ja hyvin teipattu.

Hannele jatkoi teippien kiskomista. Pian hän sai paperin irti. Paketista paljastui puinen korurasia. Hannele hengähti. - Upea!

Kun rasian avasi, sen kannessa oli peili sekä kolme erillistä laatikkoa, minne koruja voi laittaa järjestykseen. Kannessa oli kaunis kaiverrus, "H" -kirjain ja päällä punertavan ruskea lakkaus. Rasia huokui arvokkuutta.

- Kristian, miten kaunis. Oletko tehnyt tämän itse? Hannele ei uskonut silmiään, niin taidokasta käsityötä esine oli. Sen oli täytynyt vaatia kymmeniä työtunteja.

- Pidätkö siitä? Kristian kysyi.

- En ole koskaan nähnyt tällaista. Näin kaunista. Monenlaisia rasioita kyllä, mutta en koskaan näin hienoa. Kiitos.

Syötyään he menivät olohuoneeseen kuuntelemaan joululauluja kynttilän valossa.

- Tiedätkö… me ei ehditty viettää yhtään joulua perheenä Marin kanssa, Kristian sanoi hiljaa.

- Ai siis mitä? Siis Sannin kanssa?

- Marin. Ja Sannin tietenkin. Marin kanssa kaikki tapahtui salamavauhtia. Tapasimme yhteisen kaverin uuden vuoden bileissä. Aloimme heti seurustella. Seuraavana kesänä oli häät ja tapaninpäivänä syntyi Sanni. No, jouluhan se on sairaalassakin. Mari joutui sairaalaan jo monta päivää ennen joulua. Ja sitten keväällä kävi niin kuin kävi.

Lyhyt tarina oli täynnä shokeeraavia yksityiskohtia. Kauheaa, ajatteli Hannele järkyttyneenä. Reilun vuoden sisään kaikki tuo? Miten kukaan voi kestää sellaista.

- Olen pahoillani, todella.

- Olen viettänyt lähes kaikki elämäni joulut kotona, tuossa porukassa minkä tapasit tänään. Myös nämä kaksi viimeisintä Sannin kanssa. Ja sinä olet ensimmäinen tyttöystävä, jonka olen vienyt sinne. Edes Mari ei ehtinyt kertaakaan joulujuhliin.

Hannele kuunteli keskeyttämättä Kristianin hiljaista puhetta. Voiko tuo olla totta? Eikö Kristianilla ole ollut tyttöystäviä, jopa lukuisia sellaisia, jos suhde Marin kanssa alkoi vasta neljä vuotta sitten. Vaikeaa uskoa. Ja sitten lapsi ja pika-avioliitto, joka loppuu pahimmalla mahdollisella tavalla. Tässä oli sulattelemista. Hannele tuijotti eteensä silmät suurina. Kristiania hän ei uskaltanut edes katsoa.

- Ja nyt minä pelästytin sinut, Kristian sanoi ja kääntyi Hannelen puoleen.
- Ehei... ei ollenkaan, Hannele tavoitteli kepeyttä ääneensä ja epäonnistui surkeasti.
- Sano se silmillesi, jotka ovat lautasen kokoiset. Ihanan näköiset tosin, mutta olet kauhuissasi. Et voi kieltää.
- No, onhan tässä sulattelemista, Hannele myönsi.
- En tiennyt, että ehditte olla yhdessä vain reilun vuoden, kun tapahtumia oli niin paljon. Se vain on niin julmaa. Tietenkin yllätyksenä tuli se, kuinka pian suhteenne eteni, lapsi, häät...
- Omissa korvissanikin tuo kaikki kuulostaa aivan hullulta. Luultavasti mietit nyt, voiko tuohon tyyppiin luottaa. Tai että koska se kosii, haluaa lapsen tai jotain muuta äkkinäistä. En ole sellainen. Mari oli. Hän halusi kaiken, heti. Olin niin hullaantunut, etten epäröinyt yhtään, annoin mennä vaan. Jälkeenpäin ajatellen kaikki luultavasti meni niin kuin piti. Mari eli täyttä elämää. En oikeastaan tiedä kuinka meille olisi käynyt, jos Mari olisi saanut elää pitempään. Todennäköisesti hän olisi jättänyt meidät joku päivä, jatkanut matkaa uusiin seikkailuihin.
Kristian näytti uppoutuneen muistoihinsa.
Tämä kaikki oli melkein liikaa Hannelelle. Hän nousi äkisti ylös ja sanoi menevänsä vessaan.
Vessan peilistä tosiaan katsoi pelästynyt tyttö. Silmät olivat, jos ei nyt ihan lautasen kokoiset, niin ainakin lusikan kokoiset. Hannele huuhtoi kasvojaan kylmällä vedellä. Mitä heidän suhteestaan tulisi?

Toinen on leski, yksinhuoltaja, pienen lapsen isä ja kuka tietää mitä seikkailuja kokenut. Ja rakastui aikanaan spontaaniin villikkonaiseen ja vieläpä meni saman tien naimisiin tämän kanssa, lapsesta nyt puhumattakaan.

Hannele taas oli melko kokematon ja harkitseva nuori nainen. Hän ei ollut spontaani ja räiskyvä, kuten Mari lienee ollut. Miten Kristian oli edes voinut ihastua tällaiseen persoonaan kuin hän oli? Alkaisiko Kristian pitää häntä tylsänä ajan mittaan. Hannele tunsi kuitenkin omassa sydämessään, että rakasti Kristiania. Kyllä, rakasti. Hän ei ollut koskaan ollut rakastunut, kai se sitten tältä tuntuu? Tekee kipeää ja on täydellistä samaan aikaan.

Hannele avasi vessan oven. Kristian seisoi oven takana.

- Oletko ok? Tulin tähän, jos yrität karkuun. Kamppaan sinut, ennen kuin ehdit ulko-ovelle.

Hannele naurahti. - Luuletko, että karkaan?

- Ilmeesi puolesta olisin voinut olla joku sarjamurhaaja, niin järkyttyneeltä näytit.

Hannele hymähti. Kristian osasi huumorilla keventää tilannetta kuin tilannetta.

- Tulihan siinä aika paljon informaatiota kerralla. Sinä olet ehtinyt paljon, nuori mies. Onko nyt kaikki luurangot kaivettu kaapista?

- Täytyyhän niitä jättää jokunen tuleville vuosillekin, Kristian sanoi ja halasi Hannelea lujasti ja pitkään.

- Seuraavaksi aion kyllä tutkia sinun luurankosi…

Hannelella ei ollut mitään sitä vastaan.

125

Kiljahteleva Sanni syöksyi aamulla makuuhuoneeseen ja hyppäsi heidän keskelleen. Hannele oli jo tottunut herätyksiin, missä pieni tyttö pusuttelee ja halaa hereille. Se oli aivan paras herätys.

- Käypä Sanni katsomassa mitä se joulupukki toikaan, Kristian sanoi puoliunessa. - Pussi on olohuoneessa.

Sanni lähti yhtä vauhdikkaasti kuin oli tullutkin. Olohuoneesta alkoi kuulua kolinaa ja meteliä.

- Pitäisikö mennä katsomaan, mitä siellä tapahtuu, Hannele sanoi.

- Haluatko nukkua vielä? Kristian kysyi ja antoi aamusuukon. - Voin mennä Sannin kanssa aamupalalle. Laitan oven kiinni.

- Ei tarvitse, noustaan vaan.

- Tai sitten laitan oven lukkoon ja jään tänne sinun kanssasi… Kristian sanoi naama vakavana ja otti Hannelen kainaloonsa. - Kai Sanni osaa tehdä aamupalaa, sentään huomenna jo 3 -vuotias, tehköön meillekin. Minä tilaan meille munakkaat.

Hannele nauroi.

- Se vasta olisikin…ehkä kymmenen vuoden päästä sitten.

Kolmevuotiaan kanssa aamuun mahtuu monenlaista yllätystä, mutta yhdeksän jälkeen he olivat jo valmiina lähtemään Hannelen kotiin.

- Jännittääkö? Kristian kysyi.

- Ehkä vähän kristalliesineiden puolesta, ei muuten, Hannele hymyili.

Hannelen vanhemmat olivat jo vastassa, kun he saapuivat. Näytti siltä, että heitä jännitti enemmän, kuin Kristiania. He eivät olleet tottuneet pieniin lapsiin, varsinkin äitiä tuntui pelottavan, ettei Sanni pidä hänestä tai hän ei osaa olla lapsen kanssa. Pelko oli turha. Sanni hurmasi molemmat välittömyydellään. Sekä isä että äiti saivat myös suukkoja ja halauksia luultavasti enemmän kuin koko elämänsä aikana yhteensä. Yhtään maljakkoa ei hajonnut. Hannelen vanhemmat leikkivät Sannin kanssa yläkerrassa. Kristian ja Hannele saivat istua kaikessa rauhassa olohuoneessa katsomassa televisiota.

- Kuule, meillä on kohta mummoja, mammoja, ukkeja, pappoja ja vaareja varastossa niin paljon, että me kaksi voidaan viettää vapaita parisuhdeviikonloppuja vaikka kolme kertaa kuukaudessa, Kristian mietiskeli. - Aika mahtavaa.

- Totta. Kaikki haluavat viettää aikaa tuon ilopillerin kanssa.

- Ilopillerin… no juu. Ilopilleri ei aina ole kovin iloinen pilleri, Kristian totesi. - Mutta eikö ajatus vapaista viikonlopuista ole aika kutkuttava?

Hannelen mielestä ajatus oli kutkuttava. Koko uusi elämä Sannin ja Kristianin kanssa tuntui kutkuttavalta. Vielä syksyllä Hannele ei olisi voinut kuvitellakaan, että elämä voisi olla tällaista, näin täyttä ja mukavaa.

8

Odottavan aika on lyhyt

Uuden vuoden jälkeen isä ja äiti palasivat Espan-
jaan. Hannele lähti saattamaan vanhempiaan lento-
kentälle. Hän ei muistanut, milloin olisi nähnyt heitä
yhtä iloisina. Äiti puhui lakkaamatta Sannin tempa-
uksista. He lupasivat tulla jo pääsiäisenä uudestaan
Suomeen. Isä väläytti jopa muuttoa Suomeen. Ehkä
oli liian aikaista ennustaa vielä sinne asti. Yhtä kaik-
ki, joulu oli ollut onnistunut yli odotusten ja Kristian
oli valloittanut Hannelen vanhemmat täysin.
Kouluun palasi innostunut joukko. Myös Nina tuli
pirteänä takaisin. Hänen vanhempansa olivat seon-
neet lapsenlapsesta täysin, positiivisessa mielessä.
Ninalle se oli ollut helpotus. Häntä oli jännittänyt,
josko asiaan suhtauduttaisiin tuomitsevasti. Nina ei
kuitenkaan ollut kevytkenkäinen. Hän oli epäonnek-
seen rakastunut väärään mieheen.
Myös Tomas oli tunnilla heti aamusta, kerrankin.
Vielä ei ollut liian myöhäistä ottaa itseään niskasta
kiinni ja alkaa suorittaa tenttejä ja näyttöjä. Tomas ja
Nina katselivat toisiaan välimatkan päästä. Tunnel-
ma ei kuitenkaan ollut vihamielinen.
Hannelella olisi täysi työ saada korunsa valmiiksi
huhtikuun loppuun mennessä. Toukokuussa työ piti
lähettää palkintolautakunnalle. Nyt ei ollut varaa
epäonnistua.
Aki oli Hannelen tuki ja turva. Mieheltä oli tullut jo
niin monta kallisarvoista vinkkiä, että Hannele ei

tiennyt, missä olisi ilman Akia.

Täysin keskittyneenä timanttien istuttamiseen Hannele kuuli hiljaisen yskähdyksen. Hän käännähti ja näki Tomasin seisovan takanaan. Ärtynyt otsan rypistys ei jäänyt Tomasilta huomaamatta.

- Olisiko sinulla hetki? Tomas kysyi.

Hannelen kasvoista olisi voinut tyhmempikin lukea että ei ole.

- Ei ole, Hannele sanoi, eikä edes yrittänyt näytellä ystävällistä.

Tomasin kasvot venähtivät pettymyksestä ja hän oli jo kääntymässä pois, kun Hannele sanoi: - No mitä? Onko sinulla jotain oikeaa asiaa?

Tomas painoi huoneen oven kiinni. Hän istui Hannelen viereen. Toisin kuin muilla kerroilla, Tomas ei ollut ylimielisen ja itseriittoisen oloinen, vaan melkeinpä aran ja epätoivoisen.

- Hannele, tiedän, että olen käyttäytynyt huonosti.

Huonosti? No ehkä asian voi ilmaista noinkin lievästi, ajatteli Hannele. Hän kuitenkin kuunteli mielenkiinnolla mitä Tomasilla oli sanottavanaan.

- Voisitko mitenkään puhua puolestani Ninalle? Haluaisin auttaa häntä, osallistua odotukseen ja olla ystävä. Mitään sen enempää en uskalla edes toivoa. Pilasin ne mahdollisuudet jo aikaa sitten… Tietenkin haluaisin pyytää anteeksi ja voittaa Ninan luottamuksen takaisin.

Nyt on aikoihin eletty, Hannele kuunteli Tomasin avautumista eikä ollut uskoa korviaan. Mahtoiko Tomas olla nyt aivan vilpitön? Voiko kukaan muuttua hetkessä noin paljon? Onko Tomasin isä kenties pakottanut poikansa huolehtimaan perijästään?

Kaikki nämä ajatukset risteilivät Hannelen päässä, kun hän yritti ottaa selkoa miehestä. Tomasin pää oli painuksissa ja hän näytti hyvin haavoittuvalta. Yhtä komea hän oli kuin ennenkin, oli Hannelen pakko todeta.

Hetkeen Hannele ei tiennyt mitä sanoisi. Hän katsoi Tomasin kauniita ruskeita silmiä ja yritti löytää sieltä saman lipevän roiston, mikä tämä oli syksyllä. Silmät näyttivät vilpittömiltä. Joko Tomas oli todella taitava, kuten varmasti olikin, tai sitten mies oli tosiaan kokenut jonkun herätyksen.

- Hyvä on. Voin puhua Ninalle, että hän suostuisi tapaamaan sinut.

- Kiitos, enempää en pyydä. Ja anteeksi, jos - ja kun, olen loukannut sinuakin. Olen idiootti.

Tomas painui ulos huoneesta.

Hannele istui ja ihmetteli. Mitä oikein oli tapahtunut? Kohtaaminen oli kuitenkin ollut niin sykähdyttävä, että siitä oli aivan pakko kertoa heti Ninalle.

Hannele nousi tuolistaan ja lähti Ninan huoneeseen.

- Ai moi, ei vielä ole kahviaika… Nina oli kultasormuksen kimpussa.

- Ei olekaan, Hannele sanoi. - Mutta minulla on jännittävä viesti sinulle.

Nina yllättyi. Hannelella ei ollut juuri koskaan mitään viestejä, saati jännittäviä sellaisia. Hannele ei koskaan juoruillut muista eikä levitellyt omiakaan asioita, joten tämän täytyi olla jotain erikoista.

- Sait huomioni, Nina totesi. - Anna palaa.

Hannele tuumi hetken, miten valitsisi sanansa, ettei Nina käsittäisi väärin. Pahimmassa tapauksessa Tomasin käynti näyttäytyisi vehkeilynä ja selän takana puhumisena.

- Tomas haluaisi puhua sinun kanssasi, selvittää asioita. Hän näyttäisi katuvan sikamaisia tekojaan.

- Ja sinä tiedät tämän, koska...

- Koska Tomas pyysi minua puhumaan puolestaan. Hän ei uskalla itse lähestyä, näyttää siltä, että hän häpeää tekojaan. Se, mitä päätät on sinun asiasi.

Mikäli Nina epäili jotain vilunkia, ei hän ainakaan näyttänyt sitä. Hän oli hiljaa tovin.

- Uskoitko sinä häntä? Nina kysyi ja katsoi Hannelen silmiin.

Ninaa oli satutettu niin pahasti ja usein tämän herran toimesta, että ymmärrettävästi oli todella vaikeaa uskoa hänen yhtäkkiä muuttuneen.

- En ole varma, Hannele sanoi, - ehkä. Tomas näytti aivan erilaiselta kuin ennen. Minulle tuli sellainenkin mieleen, että olisiko hänen isänsä puhutellut häntä. Toisaalta, mistä isä olisi saanut tietää vauvasta. Vai olisiko Tomas kertonut.

- Tomas loukkasi minua todella paljon, Nina sanoi hiljaa. - Ja pahinta on, että rakastan häntä, edelleen. En ole koskaan ollut rakastunut keneenkään, kuten Tomasiin. Se on hirveää - ja ihanaa.

- Tomas sanoi ymmärtävänsä ,ettei ole ansainnut toista mahdollisuutta. Hän jopa sanoi itseään idiootiksi. Hän toivoo vain sitä, että saisi olla tukena ja auttaa, Hannele lisäsi. - Mieti asiaa.

- Kiitos että kerroit. Olet hyvä ystävä Hannele. Ja minä luotan sinun arvostelukykyysi. Sinä et ole tämmöinen hömppä, kuten minä.

Hannele jätti Ninan ajatuksineen ja palasi korunsa pariin. Hän toivoi sydämestään kaikkea hyvää ystävälleen. Silti, tämän vähäisen kokemuksensa pohjalta Sannista, Hannele oli valmis toteamaan, että aina parempi, mitä suurempi turvaverkko lapsella olisi.

Hannele vietti yhä enemmän aikaa Kristianin ja Sannin kanssa. Hän oli periaatteessa jo muuttanut asumaan Kristianin taloon. Jos Sanni oli viikonloppuna mummolassa yökylässä, he saattoivat mennä Hannelen kotiin viettämään aikaa. Elämä oli tasapainoista ja rauhallista, mutta myös sykähdyttävää ja intohimoista. Hannele oli onnellinen.

Kevät eteni. Hannele sai korunsa valmiiksi. Sitten ei ollut muuta tehtävissä kuin odottaa tuloksia.

Nina ja Tomas olivat lähentyneet. Suhde ei ollut yhtä kiihkeä kuin alkuaikoina, mutta sopuisa. Nina antoi Tomasille mahdollisuuden näyttää, että on muuttunut. He kävivät myös tapaamassa Tomasin perhettä mikä osaltaan todisti, että Tomas oli tosissaan.

Perjantaina Kristian tuli Hannelen työhuoneelle.

- Vein Sannin jo Liisalle ja Lasselle. Ajattelin, että lähdetään ajelulle. Sinä ajat.

Hannele kauhistui. - Mitä? En minä voi ajaa? Eikä.

- Rauhoitu. Tiedän paikan, missä voidaan kokeilla. Eiköhän se taito sieltä löydy, autossa on sitä paitsi automaattivaihteet, ei tarvitse kuin istua kyydissä. Hannele oli ajanut paljon, kun sai kortin. Isä osti hänelle pienen punaisen volkkarin, jota oli helppo pyörittää liikenteessä. Hannele oli taitava kuski. Parin vuoden päästä tarvetta autolle ei enää ollut. Auto myytiin ja ajot loppuivat.

Kristian ajoi ulos kaupungista. Muutaman kilometrin päässä oli iso parkkipaikka, mikä oli tyhjillään viikonloppuna. Hän pysäytti auton.

- Kokeillaan ensin tässä, Kristian hyppäsi ulos autosta ja avasi Hannelen oven. - No niin, kaunokainen, sinun vuorosi.

Hannelen ei auttanut muu kuin mennä kuskin paikalle. Auto oli valtavan suuri verrattuna hänen vanhaan Golfiinsa. Tosin tässä autossa oli kaikki uuden auton hienoudet, peruutuskamerasta hätäjarrutustoimintaan, joten ei kai tässä olisi suurta hätää. Hannele lähti varovasti liikkeelle. Hän kiersi parkkipaikan muutamaan kertaan, peruutteli ruutuun ja parkkeerasi taskuun. Auto oli yllättävän ketterä isosta koostaan huolimatta.

- Eiköhän sitten siirrytä tielle, Kristian sanoi.

Hannele oli saanut tuntumaa autoon ja ohjasi rohkeasti liikenteen sekaan. Ajaminen tuntui pitkästä aikaa mahtavalta!

- Ajetaanko jonnekin? Pitemmälle kuin kotiin? Hannele sanoi.

- Ajetaan vaan. Mennään Kallelle, hän asuu Loviisassa ajetaan sinne. Laitan viestin, että laittaa kahvit tulemaan.

Hannele nautti ajamisesta. Uudella, hienolla autolla matka sujui kuin itsestään. Keli oli hyvä, sula tie, valoisaa. Hannele oli nähnyt Kallen vain kerran, jouluna, kun he kävivät pikaisesti juhlissa. Olisi mukavaa tavata taas yksi Kristianin veli.

- Miksi halusit minun opettelevan ajamaan? Miksi juuri nyt? Hannele kysyi.

- Arvasit oikein, itsekkäistä syistä. Sanni on vaihtamassa päiväkotiin syksyllä. Sinne on pitempi matka kuin Pirkolle. Joskus voi käydä niin että joudut viemään tai hakemaan Sannin.

- Vai niin.

- Pahastuitko? Oliko tämä viekas liike?

Hannele nauroi. - Ei ollut. En ole koskaan ajanut näin hienolla autolla. Tämä on suorastaan ilo.

Pian he olivat Kallen pihassa. Myös Kalle oli ilmeisen menestynyt elämässään. Suuri omakotitalo meren rannalla, pihassa kaksi autoa ja vajassa näytti olevan vielä suhteellisen isokokoinen venekin.

Kalle oli veljeksistä toiseksi vanhin, mutta silti yli kymmenen vuotta Kristiania vanhempi. Kristian oli iltatähti, pikkuveli.

He menivät sisälle taloon. Kalle tuli eteiseen, halasi Kristiania ja pörrötti tämän päätä. - Krisu. Eksyit tänne maalle sinäkin, et ole käynyt yli vuoteen.

Hannelelle Kalle ojensi kätensä.

- Näin sinut jouluna. Ehkä et muista, kun meitä oli

niin paljon. Olen Kalle.

Keittiössä odotti Kallen vaimo ja kaksi noin kymmenvuotiasta poikaa. He istuivat katettuun pöytään. Kallen vaimo oli hiljainen, mutta ystävällinen. Tämä pariskunta ei ollut niin räväkkä ja äänekäs kuin vaikkapa Konsta ja Kaarina. Se sopi Hannelelle hyvin.

Kahvit juotuaan, seurue lähti Hannelen toivomuksesta ulos. Maisema merelle näytti henkeäsalpaavan ainutlaatuiselta kevätauringon laskiessa. Ja niin se olikin.

- Ajatella, saatte asua tällaisessa paikassa joka päivä, ympäri vuoden, Hannele henkäisi ihastuneena.

Kalle hymyili. - Totta. Aina sitä ei muista arvostaa tarpeeksi. Kiitos kun muistutit.

Hannele istahti terassille Kallen vaimon, Kaijan, viereen.

- Mukavaa, kun sait Kristianin tulemaan tänne, Kaija sanoi. - Meillä on ollut ikävä heitä. Pojatkin kysyvät, miksi Krisu ei enää koskaan käy. Me olemme käyneet Sannia katsomassa muutaman kerran vuodessa, ettei tyttö aivan unohda meitä.

- Olen saanut käsityksen, että Kristianin perheellä on lämpimät välit?

- Niin onkin, Kaija ehätti korjaamaan, - mutta Marin äkillinen kuolema haavoitti Kristiania paljon. Yhtäkkiä hän olikin yksin pienen vauvan kanssa. Se oli valtavan rankkaa. Krisu takertui Sanniin eikä päästänyt tätä hetkeksikään silmistään. En tiedä pelkäsikö hän, että Sannillekin tapahtuu jotain kauheaa.

Hannele istui hiljaa ja katsoi pihalla poikien kanssa temmeltävää Kristiania. Näytti siltä, että mies oli vähitellen toipumassa. Aika parantaa.

Hannele ja Kristian päättivät lähteä ajamaan takaisin, ennen kuin ilta taas pimenisi. Kaija ja Kalle tulivat hyvästelemään. - Tulkaa pian taas ja ottakaa Sanni mukaan.

Hannele hyppäsi jälleen rattiin. Tottuneesti hän ohjasi heidät moottoritielle.

- Mennäänkö meille vai teille? Kristian kysyi ja laittoi kätensä Hannelen reidelle.

- Stop, älä häiritse kuskia, komensi Hannele kipakasti. - Kuljettajaan koskeminen kielletty.

Kristian naureskeli. - Selvä. Turvallisuus ennen kaikkea.

Hannele ajoi kotitalonsa pihaan. Talossa oli vanha autotallikin, mutta iso maasturi ei mahtunut sinne. Ajoharjoittelu oli mennyt hyvin. Jatkossa Hannele saisi luultavasti ajaa enemmänkin.

Nyt viikonlopun viettoa voisi aloitella vaikkapa poreammeessa.

Kesäloma lähestyi jo kovaa vauhtia, mutta palkintolautakunnasta ei ollut kuulunut vielä mitään. Aki yritti rauhoitella, että tulokset voivat mennä kesäkuun puolellekin. Ehkä hyviä kandidaatteja on paljon. Hannele oli päättänyt tehdä kesällä koulutöitään. Hän pärjäisi säästöillään ilman kesätöitä. Valmistuttuaan hän hakisi työpaikkaa. Toivottavasti jotain muuta kuin kultakaupan myyjän töitä.

Ninan synnyttämisen aika lähestyi. Nina oli pian lähdössä Lappiin. Hän aikoi synnyttää lapsen siellä, vaikka Hannele oli kauhuissaan pitkästä matkasta Rovaniemelle.

- Äläs nyt, Nina lohdutti, - sehän on vain poron-kusema. Me ollaan totuttu pitkiin matkoihin vuosisa-tojen ajan. Ja ainakin toistaiseksi myös helikopterilla tulee apuun, jos tulee tiukka paikka. Tai sitten pun-nerran lapsen maailmaan kotona.

Hannele ihaili Ninan rohkeutta. Hän oli myös kuul-lut, että Tomas oli lähdössä mukaan.

- Miten uskot Tomasin solahtavan lappilaiseen kult-tuuriin? Hannele kysyi varovasti.

Kenties hän itse oli asenteellinen, kun kuvitteli lap-pilaisen elämän eroavan kovastikin etelän vetelien arjesta.

- Isä ja äiti odottavat jo innolla Tomasia. En yhtään tiedä, kuinka siinä käy. Enkä jaksa sitä miettiä. To-mas lähtee viemään minut ja olen siitä iloinen. Ehkä hän jaksaa olla kanssani niin kauan kuin vauva syn-tyy. Tulkaa tekin käymään Kristianin ja Sannin kanssa kesällä.

- Se olisi kyllä hienoa. Täytyy suunnitella. Ilmoittele sitten kun vauva on syntynyt.

Hannelella oli hieman haikea mieli, eikä hän oikein saanut kiinni, mistä se johtui. Tietenkin oli surullista erota Ninasta. Hannele oli myös onnellinen, että Nina ja Tomas olivat sopineet ja katsoivat tulevaan yhdessä, ainakin jossain määrin. Ninalla oli rohkeut-ta tehdä kuten häntä huvitti, keneltäkään lupaa kysymättä. Lapsen saaminen noin nuorella iällä oli iso juttu. Eikä elämä olisi koskaan entisensä. Oliko Hannele kateellinen Ninalle? Sekö oli tämä ontto tunne?

Kotona Hannele kertoi, että Nina oli lähtenyt synnyttämään.
- Hän kutsui meidän käymään, kun vauva on syntynyt.
- Ai pohjoiseen? Sehän olisikin kivaa. Voidaan majoittua Kimin hotelliin Ylläksellä.
- Sanni tuskin jaksaa istua kymmentä tuntia autossa. Varataanko yöjuna? Ja autopaikka?
- Niin tehdään. Tulee tehtyä edes joku kesälomareissu.
- Äiti ja isä kutsuivat meidät Espanjaan, kiinnostaisiko se?
- Vai että kiinnostaisiko? Por favor, gracias, mennäänkö heti.
Hannele nauroi.
- Ehkä syksymmällä kun ilmat viilenevät. Isä ja äiti tulevat kesäksi Suomeen. Käydään nyt ensin siellä Lapissa.
Hannele ei ollut käynyt omassa talossaan kolmeen päivään. Hän piti jo Kristianin kotia omanaan.

Kun hän lopulta meni kukkia kastelemaan, postilaatikossa odottikin kirje. Se oli kilpailun järjestäjältä, totesi Hannele. Vieläkö nykyään joku lähettää oikeita kirjeitä, ajatteli Hannele, kun repi kuoren auki. Hannele päätti soittaa Akille.

- Aki, sain kirjeen. Mutta en ole ihan varma, onko siinä hyvä vai huonoja uutisia.

- Tule koululle, luetaan se yhdessä. Tule heti.

Hannele lähti saman tien. Kirjeessä oli joka tapauksessa kutsu elokuussa pidettävään palkintojuhlaan. Aki oli melkein yhtä täpinöissään kuin Hannele, ellei peräti enemmän.

- Hmm. Palkintojen jako on elokuussa, juu... Aki tavasi kirjettä. - Sanotaanko tässä niin, että olet sijoittunut kymmenen joukkoon, mutta lopullinen sijoitus paljastetaan vasta juhlassa? Niin siinä taitaa olla. Haluavat ilmeisesti säilyttää jännityksen loppuun asti.

Hannelen mieliala lässähti. Luultavasti hän olisi sitten kymmenes. Varmaan ojennetaan joku diplomi ja kukkakimppu. Tulevaisuus kultakaupan tiskillä näytti yhä todennäköisemmältä. No, ehkä Aki tai Tomas ystävällisesti ottavat hänet töihin.

- Hei, älä nyt näytä tuolta, Aki huomasi Hannelen apean ilmeen. - Mitään ei ole vielä hävitty. Tästä se vasta alkaa.

Hannele ei kuitenkaan jaksanut uskoa mahdollisuuksiinsa. Kilpailu oli kovaa, kyllä hän sen tiesi. Varmasti muut ehdokkaat olivat kokeneita ja osaavia kultaseppiä. Hän oli pelkkä opiskelija.

Hannele laittoi kuitenkin päivämäärän kalenteriin ja ilmoitti asiasta myös vanhemmilleen, jos nämä haluaisivat tulla juhlaan. Sanni ja Kristian olisivat kutsuvieraslistalla, tietenkin. Ja Aki.

Nyt oli kuitenkin koko kesä aikaa keskittyä johonkin aivan muuhun.

9

Kesän lapsia

Nina oli ilmoittanut pojan syntyneen. Kaikki oli mennyt hyvin. He olivat olleet ajoissa sairaalassa ja Tomas oli ollut mukana synnytyksessä. Kuvassa Ninan sylissä lepäsi ruskeasilmäinen vauva, jolla oli paljon tummaa tukkaa. Isäänsä tullut…hymähti Hannele.

Muutaman päivän päästä he puhuvat puhelimessa.

- Onneksi olkoon, Nina!

- Kiitos. Ottihan se aika koville Nina tunnusti. - Mutta pääsin jo kotiin. Olemme täällä vanhempieni luona nyt.

- Onko Tomaskin siellä? Hannele kysyi, koska ei ollut ihan varma, missä mennään.

- On, Tomas on ollut valtavan ihana, Nina sanoi. - En tiedä minkä pistoksen hän on saanut, mutta käytös on muuttunut aivan kokonaan. Äiti ja isäkin jaksavat kiittää häntä. En tietenkään ole kertonut vanhemmilleni meidän seurustelun alkuajoista. He tuskin olisivat kovin ymmärtäväisiä.

- Luotatko häneen?

Nina epäröi. - En ehkä ihan kokonaan. Liian paljon ehti tapahtua syksyllä.

- Ymmärrän. Anna asialle aikaa. Ajan myötä selviää

onko mieheen luottamista vai ei.

- Tomas on pyytänyt minua ja vauvaa muuttamaan luokseen. Voisin käydä koulun loppuun.
- Se on iso askel, Hannele sanoi. - Mitä aiot?
- En tiedä. Kesän olen kuitenkin täällä. Tomas lähtee etelään huomenna, mutta hän lupasi tulla pian takaisin. Jotain selvitettäviä asioita... Ehkä vanhempien kanssa, en tiedä. Onhan tämä aika paukku kaikille. Koska te tulette? Onko teillä junaliput?
- On junaliput. Käydään samalla Ylläksellä Kristianin veljen luona. Parin viikon päästä nähdään.

Kristianilla oli kesäyliopistossa muutama opintojakso suoritettavana. Se kestäisi kaksi viikkoa. Sanni ja Hannele saivat olla kahdestaan päivät. Se sujui yllättävän hyvin. Sanni puhui jo paljon, tytöstä oli oikeasti seuraa. Hannele kiintyi Sanniin joka päivä enemmän.
He olivat puhuneet kerran siitä, että entä jos Sanni alkaa sanoa Hannelea äidiksi. Äkkiseltään Hannele ei osannut sanoa siihen mitään. Se ei tuntuisi pahalta, mutta hän ei haluaisi Sannin unohtavan oikeaa, omaa äitiään. Eikä missään nimessä viedä tämän paikkaa. Sannilla ei kuitenkaan ollut minkäänlaista muistikuvaa Marista. Vain valokuvat olivat jäljellä.

Juhannuksen jälkeen he olivat matkalla pohjoiseen mukavasti junalla. Kim oli varannut heille hulppean huvilan Ylläkseltä. Kesällä ei ollut paljon asiakkaita, joten he saivat lomailla rauhassa. Kim ja hänen vaimonsa, joka oli norjalainen, veivät heitä patikoimaan ja laavulle, kunnon eräelämää. Iltaisin toki lomailtiin luksusmökin ylellisyydessä.

Kim oli jälleen veljessarjan supliikkiosastoa ja hymykuoppamies. Menestyksekkään yrittäjän salaisuus taisi olla ystävällinen palvelu ja hurtti huumori. Kim puhui sitä paitsi useampaa kieltä sujuvasti, joten kulttuurierotkaan eivät laittaneet kapuloita rattaisiin.

Keskelle viikkoa oli sovittu vierailu Ninan luona. Matkaa oli 150 kilometriä, joten oli siinäkin ajamista. He lähtivät matkaan heti aamusta.

Tämä oli ensimmäinen kerta, kun he kyläilivät perheenä muualla kuin omien sukulaistensa luona. He löysivät perille helposti. Taloja oli harvakseltaan näissä maisemissa.

Hannele meni ensimmäisenä ovesta sisään. Ninan vanhemmat tulivat tervehtimään. He ohjasivat heidät toiseen taloon, joka oli sadan metrin päässä päätalosta. Pihassa näytti olevan tutunnäköinen auto, musta Bemari. Kristianilta ei jäänyt tämä huomaamatta. Hän tuhahti mennessään auton ohi.

- Hei, ihanaa kun tulitte, Nina tuli heitä vastaan ja halasi Hannelea. - Ja Sanniko se siinä?

Hänen takanaan seisoi Tomas vauva sylissään. - Hei, Tomas sanoi, ei muuta.

He menivät sisään ja Sanni ihaili vauvaa, joka oli hereillä ja näytti katselevan ympärillään olevia ihmisiä. Kaikkien ilmeet sulivat tuon ihanuuden edessä.

- Suloinen… Hannele hymyili.

Hän ja Kristian vilkaisivat toisiinsa. Hannele ymmärsi sillä hetkellä, että jos hän joskus saisi lapsen, se tapahtuisi vain ja ainoastaan tuon miehen kanssa.

Kristian ja Sanni lähtivät ulos. Ninan pihassa oli kaikkea jännittävää, eläimiäkin. Lisäksi näytti siltä, ettei Tomasin ja Kristianin keskustelut ottaneet tulta alleen. Kanssakäyminen oli kovin väkinäistä. Ninalla ja Hannelella sen sijaan oli paljon puhuttavaa. Tomas jäikin kaitsemaan vauvaa.

- Pääsetkö elokuussa juhliin? Siellä jaetaan palkinnot. Olen kymmenen joukossa eli tulen vähintään kymmenenneksi... Hannele sanoi ja yritti kuulostaa vitsikkäältä.

- Yritän päästä sinne. Onnea matkaan. Sinulla on loistava tulevaisuus korualalla.

- Niin kai...Hannelen ääni särkyi.

- No mikä nyt? Nina kysyi.

- En tiedä... en tiedä haluanko loisteliasta uraa. Haluan perheen, haluan olla Kristianin ja Sannin kanssa, haluan olla äiti... Hannele peitti kasvonsa, häntä alkoi itkettää. Vauvan näkeminen oli saanut tunteet pintaan.

- Mitä sinä nyt oikein puhut. Eihän mikään mahti estä sinua olemasta molempia, Nina sanoi topakasti ja lohdutti Hannelea. - Tuskin Kristian on sellainen mies, joka haluaa naisensa nyrkin ja hellan väliin. Ei todellakaan. Miksi sinun pitäisi luopua yhtään mistään? Ei tarvitse!

Hannele pyyhki silmäkulmiaan. - Niin kai sitten. Vaikka luultavasti huolehdin turhaan. Mitään loiste-

143

liasta uraa ei ole tulossa.

- Kuules, lopetetaan nämä masentavat puheet nyt heti. Elokuussa voit tarkastella asiaa uudelleen. Etukäteen ei kannata tehdä mitään päätöksiä tai surra asioita.

He halasivat ja menivät ulos. Sanni silitteli aitauksessa lampaita Ninan vanhempien kanssa.

- Lähdetäänkö? Hannele sanoi Kristianille, joka näytti viihtyvän hyvin pihalla.

Kristian huomasi Hannelen itkettyneet silmät ja ihmetteli mitä oikein oli tapahtunut. Hän ei kuitenkaan sanonut mitään.

- Mennään vaan. Kiitos Nina, hyvää jatkoa. Ja onnittelut vielä kerran.

Tomas tuli ulos vauva käsivarsillaan. He jäivät heiluttamaan pihaan, kun Kristian lähti ajamaan. Sanni nukahti turvaistuimeensa, luultavasti tyttö nukkuisi koko matkan.

Kristian vilkaisi Hannelea. - Kaikki hyvin?

Hannele yritti saada pirteyttä ääneensä. - On… on hyvin.

Kristian laittoi vilkun päälle ja pysäytti auton tien sivuun. Muutama poro jolkotteli heidän ohitseen, kuin ihmetellen, mitä varten he siihen pysähtyivät.

- Ihan kuin kaikki ei olisi nyt hyvin, Kristian katsoi vakavana Hannelen silmiin.

Hannelen silmistä alkoi valua kyyneleitä. Sille ei vain voinut mitään. Kristian otti hänet syliinsä.

- Ei kai Tomas tehnyt mitään? Kristian kysyi tiukasti.

- Ei, ei tietenkään, Hannele sanoi. - Mennään vähäksi aikaa ulos.
Sanni nukkui, eikä hän halunnut herättää tätä. Itku vain tuli hallitsemattomana.
He seisoivat tien poskessa keskellä erämaata. Kristian näytti olevan suunniltaan huolesta. Hän piteli Hannelea hellästi sylissään ja Hannelea itketti vain enemmän, kun joku oli noin empaattinen.
- Hannele, minua alkaa pelottaa. Et kai sinä ole jättämässä minua?
Nyt oli Hannelen vuoro olla ymmällään. Jättämässä? Mistä ihmeestä sellainen ajatus tuli?
- Mitä? En tietenkään. Kristian, minähän rakastan sinua. Kyllä. Minä rakastan. Niin paljon, että se sattuu.
Hannele ei ollut koskaan ennen sanonut kenellekään "minä rakastan sinua". Hänelle oli sanottu niin muutamia kertoja, ehkä humalassa, mutta kuitenkin.
Hannelelle oli suuri kynnys paljastaa avoimesti tunteensa. Nyt oli kortit lyöty pöytään.
Kristian tuijotti Hannelen kyynelsilmiä. Pian hän alkoi hymyillä leveästi ja nosti Hannelen ilmaan ja suuteli tätä.
- Minä rakastan myös, sanoi Kristian. - Mutta onko se itkun asia? Se on iloinen asia.
- Ehkä joku tunnelukko aukesi, en tiedä. Tai vauvan näkeminen sai hormonit hyrräämään, Hannele sanoi.
- Tunnekuohu oli yksinkertaisesti liikaa. Keho reagoi... En tiedä, Hannele alkoi vähitellen rauhoittua.
He seisoivat edelleen tienposkessa, Kristian piti

145

Hannelen tiukasti syleilyssään.

- Jos sinulla hormonit hyrräävät oikein villisti, ehkä voin auttaa siinä asiassa, Kristian ilmehti vihjailevasti. - Tässä maastossa ei ole valitettavasti näkösuojaa, jotta voitaisiin mennä puskaan muhinoimaan.

- Lopeta, Hannele nauroi - jatketaan matkaa, ettei Sanni herää.

He nousivat autoon ja Kristian antoi vielä suukon.

- Sinä rakastat, hymyili Kristian ja lähti liikkeelle.

He lähtivät kotiin seuraavana päivänä. Hannele kaipasi jo tuttuja maisemia. Lappi ei ole koskaan ollut hänen suosikkinsa. Hannele kaipasi vehreyttä ja puita, järviä, merta ja niittyjä. Lapin karu kauneus oli joskus melkein liikaa.

Sillä aikaa kun he olivat olleet Lapissa, Hannelen vanhemmat olivat palanneet Suomeen. He odottivat jo kuumeisesti Sannia kylään. Isä aikoi laittaa Espanjan talon myyntiin vasta syksyllä, sen jälkeen kun Hannele ja Kristian olisivat käyneet siellä. Se oli jo sovittu.

Kristian oli matkalla esittänyt hartaan toiveen, että Hannele muuttaisi kokonaan hänen luokseen.

- Kun kerran rakastat… Kristian kiusasi. - Talokaan ei tarvitse enää talonmiestä, kun vanhempasi tulivat.

Hannelen mielestä se oli oikein hyvä idea. Yksinäiset yöt olivat alkaneet tuntua ankeilta sen jälkeen kun oli saanut maistaa suloista perhe-elämää.

Heinäkuu oli kuuma ja kaunis. Hannele muisti kuitenkin joka päivä tulossa olevan elokuun tilaisuuden. Se oli hänelle tärkeä päivä.

10

Unelma toteutuu

Pian koitti elokuu. Koulu alkoi. Hannelen piti alkaa suunnitella palkintojuhlien ohjelmaa. Ainakin hän tarvitsi iltapuvun. Kutsussa sanottiin "pitkä iltapuku". Kristian laittaisi ylleen varmaan sen ihanan sinisen puvun. Sannille voisi ostaa myös jonkun kivan mekon. Hänen vanhempansa touhusivat juhlien eteen myös.
Nina ei ollut vielä palannut, hänen piti elää vauvan ehdoilla. Hannele oli saanut Ninalta viestin, että Tomas aikoi keskeyttää kultaseppä -opinnot. Hän palaa isänsä liikkeeseen töihin. Valitettavaa, mutta tuskin se Tomasin elämää heiluttaa suuntaan tai toiseen. Työpaikka ja palkka oli varma. Olihan hänellä nyt lapsi elätettävänään. Tomas voisi hoitaa lasta, kun Nina suorittaa opinnot loppuun.
Hannele löysi itselleen mieluisan iltapuvun kotimaisesta verkkokaupasta. Se sopi täydellisesti ametisti - riipuksen väreihin. Puku antoi tilaa korulle, kaula-aukko oli juuri sopivan kokoinen. Kaunis vaalea lila oli Hannelea pukeva väri. Ainoa mikä hieman epäilytti, oli pitkä halkio helmassa. Oliko se jopa liian

rohkea? Entä jos juhlassa pitää kiivetä portaita? Hannele päätti testata asua kaikissa mahdollisissa tilanteissa, jotta ei yllätyksiä pääse syntymään. Jännitti jo muutenkin ihan hirveästi.

Aki oli melkeinpä innostuneempi palkintojenjaosta kuin Hannele.

- Tämä on mahdollisuutesi lyödä läpi korusuunnittelussa. Se on askel isoille estradeille, Aki hehkutti. - Eikö se ole ollut tavoitteesi?

Hannelen tunteet olivat kaksijakoiset. Toisaalta joo, toisaalta ei. Hänestä tuntui, että ihmisten odotukset olivat valtavia. Ei hän pysty millään täyttämään kaikkien toiveita.

Juhlaillan aamuna Hannele tunsi itsensä suorastaan sairaaksi. Päätä särki ja teki mieli käydä oksentamassa. Voisiko vielä perääntyä? Sekä kilpailussa menestyminen että häviäminen tuntuivat huonoilta vaihtoehdoilta. Tällä hetkellä Hannele olisi halunnut vain käpertyä Kristianin kainaloon, unohtaa kaiken muun.

Vääjäämättä lähestyi se hetki, kun piti lähteä juhliin. Sanni oli pukeutunut jo päivällä pinkkiin röyhelömekkoonsa eikä suostunut riisumaan sitä edes päiväunille. Mekkoon oli jo tipahdellut jogurttia ja mehua, mutta ei sitä huomannut. Kristian puki ylleen puvun ja Hannele oli jälleen vaikuttunut näystä.

- Henkeni salpautuu. Voisit tosiaankin pukeutua tuohon vaikka joka päivä, Hannele sanoi ihastuksissaan.

- Ehkä puenkin, jos saan sillä kiedottua sinut pikkusormeni ympäri…

Hannele puki ylleen iltapuvun. Hän oli pitänyt pukua jo monta kertaa, kävellyt, kyykistellyt, noussut portaita, juossutkin, kurkotellut ja istunut eri asennoissa. Puku tuntui toimivan, joten sen puolesta kaikki oli hyvin. Ametistiriipus oli kuitenkin pääosassa. Se oli todella kaunis. Persoonallinen ja moderni.

- Näytät valtavan kauniilta. Oletko valmis? Kristian kysyi. Hän oli huomannut, miten paljon Hannele jännitti, mutta ei voinut tehdä asialle paljoakaan.

- Kai se on pakko… Hannele vaikeroi. - Vai voidaanko jäädä tänne? Pliis…

Kristian nauroi ja avasi oven.

- Kauniit ladyt…astukaa vaunuun. Juhlat odottavat.

Juhlapaikalla oli paljon ihmisiä. Hanneleen iski pakokauhu. Tästä ei tulisi mitään. Olisi pitänyt varautua jollain rauhoittavalla aineella. Olisiko myöhäistä käydä edes baarissa huitaisemassa konjakkilasillinen.

Hannelen vanhemmat tulivat heidän luokseen.

- Meillä on paikat toisella rivillä. Mennään istumaan.

Paikoillaan istuivat jo Aki vaimoineen ja koulun opettajia. Hannelen jalat tuntuivat sementtiin valetuilta pökkelöiltä.

- Hannele! Hannele, hoi!

Nina heilutti hänelle takarivistä. Hannele sai vaivoin väännettyä hymyn kasvoilleen. Olisipa tämä jo ohi.

Hannele, Kristian ja Sanni istuivat paikoilleen. Palkintojenjako oli ohjelmassa ensimmäisenä. Sitten syötäisiin ja kaikki olisi ohi. Ehkä tämän kestää, ajatteli Hannele ja puri hammasta.

Juontaja astui lavalle ja kaikki taputtivat. Kilpailun järjestäjä kertoi, miten korkeatasoinen kilpailu oli ollut ja kuinka lupaavia suunnittelijoita oli useita. Palkintojen jako alkoi loppupäästä. Hannele sulki silmänsä ja kuunteli ensimmäisen nimen. Se ei ollut Hannele. Ei myöskään toinen, eikä kolmas. Tuomaristolla oli menossa pian jo kolmanneksi tullut osallistuja. Hannele yritti tasata hengitystään, mutta sydän pompotti kohta rinnasta ulos. Kristian otti hänen kädestään kiinni ja hymyili rohkaisevasti.

- Kolmanneksi…

Eikä vieläkään Hannelen nimeä. Jännitys oli niin tapissa, että Hannele oli valmis ryntäämään ulos salista. Olkoon koko palkinto, hän ei kestä enää.

- Ja toiseksi tulee lupaava, nuori taiteilija. Hänen työssään näkyy luovuus ja mielikuvitus, unohtamatta tyylikkyyttä ja laadukkuutta, Hannele Karo.

Hannele kuuli nimensä mainittavan. Kuin sumussa hän asteli lavalle, otti kukat, aplodit ja onnittelut vastaan. Kompastumatta hän palasi takaisin istumaan. Kehossa virtasi adrenaliinia varmaan pienen kylän verran.

Hannele ei kuullut kuka voitti, koska korvissa suhisi ja silmissä hämärtyi. Hän tuijotti eteensä ja yritti saada hengityksen tasaantumaan. Sydän paukutti korvissa niin lujaa, että kaikki onnittelut menivät ohi korvien. Hän tunsi kuitenkin Kristianin käden kädessään ja se rauhoitti ja sai palaamaan maan pinnalle.

Sali taputti kilpailijoille ja tilaisuus oli ohi. Väki lähti valumaan kohti ruokailua. Ohjelmassa oli seuraavaksi vapaata seurustelua ja tietenkin verkostoitumista ja yhteistyöehdotuksia. Hannelekin heräsi transsistaan, kun läheiset tulivat onnittelemaan.

- Hienoa, Hannele, en epäillyt hetkeäkään, ettet sijoittuisi hienosti, Aki oli selvästi ylpeä suojatistaan. - Sinulla on mahtava tulevaisuus edessäsi. Siksi haluankin esitellä sinulle erään alan johtavista toimijoista. Alan Task, Smith Jewelry New York, Hannele. Alan osaa puhua suomea, hänen äitinsä on suomalainen.

Hannelea lähestyi tyylikäs nuorehko mies. He tervehtivät.

- Pidin kovasti kilpailutyöstäsi, mies aloitti. Hän puhui suomea aksentilla, mutta melko virheettömästi. - Olen Akin yhteistyökumppani. Meidän tuotteita myydään hänen liikkeissään. Aki on lähettänyt kuvia töistäsi. Toivottavasti et pahastu.

Akin liikkeissä? Eikö Akilla ollut yksi tai kaksi pientä kauppaa jossain sivukylillä? Mitä yhteistyötä New Yorkilaisella kultakauppiaalla voi olla pienen suomalaisen tekijän kanssa?

- Kiitos, Aki on auttanut minua paljon, Hannele totesi vaatimattomasti.

Kristian ja Sanni odottivat sivummalla, Hannele katsoi heitä, hymyili ja sai itseluottamusta.

- Me Smith Jeweleryssä haluaisimme tarjota sinulle töitä, suunnittelijan paikkaa. Voin luvata sen verran, että edut ovat varsin hyvät. Saat asunnon ja auton käyttösi ja palkasta voimme neuvotella.
- Asunnon? En ymmärrä? Hannele oli ihmeissään.
- Niin. Asunnon. New Yorkissa.

Hannelen katse osui Alan Smithin takana seisovaan Kristianiin. Kristian oli kuullut koko keskustelun ja hänkin ymmärsi nyt, mitä Alan Task tarkoitti. Hannelen pitäisi muuttaa Amerikkaan. Hänen koko ikänsä unelmoima elämä korusuunnittelijana oli nyt käden ulottuvilla.

Hannelen mielestä mies näytti siltä, kuin häntä olisi puukotettu sydämeen. Hän katsoi Hannelea, kauniit siniset silmät olivat yhtäkkiä tulvillaan surua. Hän kääntyi ja lähti pois salista Sanni sylissään.

Hannele seisoi Akin ja Alanin kanssa, miehet puhuivat valtavista mahdollisuuksista valtameren takana. Hannele ei osannut ajatella mitään muuta kuin että hänen rakastamansa mies oli kävellyt pois hänen luotaan.

- En nyt pysty tähän, Hannele sanoi ja lähti juoksujalkaa Kristianin perään.

Alan jäi tuijottamaan hänen jälkeensä, mutta Aki alkoi keskustella hänen kanssaan. Miehillä oli yhteisiä intressejä.

Hannele kulki hätääntyneenä ihmisjoukossa. Kristiania ei näkynyt missään. Nina tuli vastaan ruokajonossa.

- Oletko nähnyt Kristiania ja Sannia?

152

- En ole, Nina sanoi. - Onnea, menestyit upeasti kilpailussa. Mitä seuraavaksi?
- Jutellaan myöhemmin. Minun on pakko löytää Kristian, nyt heti.
Joka puolelta väkijoukkoa sateli onnitteluja. Kaikki halusivat vaihtaa pari sanaa uuden lupauksen kanssa. Monella oli myös yhteistyötarjouksia. Hannele alkoi jo olla epätoivoinen. Itku ei ollut kaukana. Oliko Kristian lähtenyt ja jättänyt hänet tänne yksin. Kuvitteliko Kristian että mikään mahti maailmassa saisi hänet pois heidän luotaan? Ei ikinä. Hannelen unelmat olivat muuttuneet. Tietenkin hän halusi uran korujen suunnittelussa, mutta hän ei suostuisi luopumaan rakkaudestaan. Ei ikinä. Jos se tarkoittaisi suunnittelijan työn hylkäämistä olkoon niin. Hannelen puntarissa New York häviäisi kirkkaasti Sannille ja Kristianille.

- Hannele? Mitä sinä höyryät täällä? Kristian tuli Sannin kanssa saliin.
Hannele ilahtui niin paljon Kristianin näkemisestä, että kapsahti miehen kaulaan ja halasi tätä lujasti.
- Eihän me nyt niin kauan tuolla vessassa viivytty…mutta oikein mukavaa, Kristian sanoi ja antoi suukon. - Onnittelut vielä kerran.
- Vessassa? Luulin, että jätit minut. Kohta tulee taas tunnekuohu… Hannele nieleskeli kyyneliä.
- En kai minä lähde mihinkään, kun ruokakin on syömättä, Kristian sanoi muka vakavana. - Sinulla on nyt paljon mietittävää. Syödään ja mennään ko-

tiin rauhoittumaan. Kaikki selviää kyllä. Älä yhtään murehdi.

Hannele katsoi miestä kiitollisena. Kuinka onnekas hän olikaan, kun oli löytänyt noin sydämellisen ihmisen rinnalleen. Jalat maassa, pää pilvissä? Hannelella oli lähtenyt mopo keulimaan. Juhlan jännitys taisi olla liikaa. Päässä vinksahti.

Syöminen tosiaan rauhoitti. Keho sai muuta ajateltavaa, kuin jännittävä juhla.

Aki kävi vielä sanomassa, että tulisi huomenna juttelemaan.

- Kun olet hieman rauhoittunut…

Hannelea nolotti että oli jättänyt Alan Taskin seisomaan kuin nalli kalliolle ja häipynyt sanomatta mitään. Onneksi Aki taisi paikata tilanteen.

- Tule vaan. Ja pyydä anteeksi puolestani Alanilta.

Aki naurahti.

- Ei ole mitään anteeksipyydettävää. Menehän nyt lepäämään. Tämä oli raskas päivä.

Hannele oli tosiaan aivan puhki, kun he pääsivät kotiin. Kristian laittoi Sannin nukkumaan ja tuli sitten Hannelen viereen sohvalle ja laittoi kätensä hänen hartioilleen. Hannele tunsi olonsa turvalliseksi, kuten aina Kristianin vierellä.

- Miltä nyt tuntuu? Eikö niin kysytä, kun on menestynyt jossain oikein hyvin.

- Sekavalta, Hannele tunnusti. - Jännitin niin paljon, etten muista koko palkintojenjaosta mitään. Ilmeisesti pysyin pystyssä…

- Näytit upealta. Sinut olisi voitu palkita vaikka Miss Universumiksi, olit niin kaunis.

Tietenkin oli hauskaa kuulla kehuja, mutta Hannele ei ollut ollenkaan varma, että esiintyminen oli mennyt kovin hyvin. Hannelen hermostuneisuus oli varmasti huomattu. Onneksi hän ei ollut kuitenkaan kompastunut.

Nyt pitäisi nostaa kissa pöydälle. Kristian oli varmasti kuullut Alanin tarjouksen. Silti hän ei sanonut mitään. Hannelen pitäisi avata keskustelu.

- Minulle tarjottiin suunnittelijan paikkaa, Hannele sanoi. - New Yorkista.

- Kuulin sen, Kristian sanoi. Ääni ei paljastanut, mitä hän ajatteli siitä. - Eikö se ole ollut unelmasi pienestä saakka? Olet tehnyt paljon töitä sen eteen.

- Niin kai... Mutta tilanne on muuttunut.

- Jos tarkoitat minua, niin en halua seisoa unelmiesi tiellä, kai tiedät sen? Jos rakastaa, haluaa vain parasta rakastetulleen. Jos unelmasi on Amerikassa, sinne sinun on mentävä.

Hannele ei uskaltanut katsoa Kristianin silmiin. Hän tiesi, että ne olisivat jälleen tummuneet surumielisiksi, eikä hänellä tällä hetkellä ollut voimia käsitellä asiaa. He menivät aikaisin nukkumaan. Hannele toivoi, että aamu toisi selkeyttä asioihin.

Sannin iloinen kalkatus herätti Hannelen. Kristian oli jo noussut, mutta oli antanut hänen nukkua pitempään. Eilinen oli tosiaan vienyt voimat. Hannele lepäsi sängyssä kuunnellen keittiöstä kuu-

luvaa lapsen ja miehen naurua. Häntä hymyilytti.
Hän meni keittiöön, antoi suukot Sannille ja Kristianille, ja otti kahvia. Katsoessaan hulluttelevaa isää ja tyttöä, hänen oli myönnettävä itselleen, ettei voisi elää ilman noita kahta. Ei millään.
Aki laittoi viestin, voisiko tulla käymään heti aamusta. Hannele vastasi "kyllä" ja meni pukeutumaan.
Paras saada asia pois päiväjärjestyksestä heti, niin ei koko päivä olisi pilalla.
- Haluatko, että me menemme ulos, kun juttelet Akin kanssa? Kristian kysyi.
Hän arvasi että kyseessä oli Hannelen tulevaisuus.
Kristian ei halunnut painostaa Hannelea mihinkään.
Tämän piti itse tehdä päätökset.
- En halua. Haluan että olette täällä. Tämä koskee meitä, meitä kaikkia, perheenä. Emmekö me olekin perhe? Hannele kysyi silmät suurina.
Pelko siitä, että Kristian ajaisi hänet menemään vain siksi, että oli höpissyt unelmastaan suurena suunnittelijana, oli valtava. Ei Hannele halunnut luopua Kristianista.

Aki ilmestyi oven taakse vartin päästä.
- Huomenta kaikille. Ja anteeksi, että näin aikaisin häiritsen, mutta asialla on hieman kiire. Alan lähtee takaisin jo tänä iltana.
He istuivat alas.
- Menen suoraan asiaan. Alan tarjosi sinulle työpaikkaa, Hannele. Smith Jewelry New York on arvostettu ja moderni liike. Heillä on silmää uusille

kyvyille. Kuten sinä.

- Minun pitäisi muuttaa New Yorkiin, Hannele sanoi. - Sanon heti, että se ei tule kysymykseenkään. Akin kasvoilla häivähti hymy.

- Aika moni nuori nainen olisi innoissaan tilaisuudesta asua muodin mekassa, asunto ja muut kulut on maksettu, eikä palkkakaan ole huono.

Kristian pyöri tuolillaan vaivautuneena. Hän avasi jo suunsa sanoakseen jotain, mutta Hannele esti sen.

- Shh!

- Pystyn tekemään työtä yhtä hyvin Suomesta käsin. Ei siihen ole tähänkään asti tarvittu New Yorkin hälinää. Päinvastoin. Ammennan ideoita luonnosta ja rauhasta. Jos se ei kelpaa Smith Jewelerylle, jatkan etsimistä ja teen työtä vaikka freelancerina, Hannele sanoi napakasti.

Kristian pyöri tuolissaan kuin kissa pistoksissa. Nyt hänen oli pakko sanoa jotain.

- Hannele, mietipä nyt hetki. Älä sano mitään, mitä kadut myöhemmin. Tämä on sinulle mahtava tilaisuus. Tämä on suuri unelmasi. En halua, että menetät tilaisuuden meidän takia. En salli sitä, Kristian sanoi painokkaasti.

- En ole mistään ollut varmempi, Hannele sanoi ja katsoi rakastamansa miehen silmiin onnellisena. Onnellisena siitä, että oli löytänyt sielunkumppaninsa. Mikään muu ei merkinnyt, eikä hän katuisi tätä, vaikka suhde joskus päättyisikin. Toivottavasti ei pääty.

Aki katseli pariskuntaa myhäillen. Kaikesta näki, että he olivat umpirakastuneita ja hullaantuneita toisiinsa.

- No, vähän arvelinkin, että näin tässä voisi käydä. Otinkin hieman omin luvin oikeuden toimia agenttinasi, Aki sanoi. - Minulla on täällä sopimuspaperi Smith Jeweleryltä. He haluavat saada sinut palkkalistoilleen, asut sitten Suomessa tai missä vaan. Sopimukseen kuuluu työhuone, vakituinen kuukausipalkka ja erillinen komissio myydyistä koruista. Miltäs se kuulostaa? Työhuoneen voit etsiä itse, mutta minäkin voin auttaa. Minulla on muutama ehdokaskin jo mielessä.

Hannele hengähti. Kaikki kuulosti liian hyvältä ollakseen totta.

- Eikä minun tarvitse muuttaa?

- Ei tarvitse, jos suuri maailma ei houkuttele...naurahti Aki. - Ehkä voisit joskus pistäytyä Nykissä, se on hieno kaupunki. Olemme myös sopineet Alanin kanssa, että minä saan liikkeisiini yksinoikeuden sinun koruihisi täällä Suomessa. Sopiiko se?

- Liikkeisiisi? Onko sinulla useampia?

- On kai niitä muutamia kymmeniä ympäri Suomea, Aki naurahti. - Ostin koko ketjun kerralla.

Nyt Hannelea nolotti, että oli aliarvioinut Akin. Mies olikin iso nimi alalla. Olisi pitänyt ottaa selvää. Hannele oli kuitenkin kiitollinen Akille kaikesta avusta.

- Suostun, Hannele sanoi. - Mihin laitan nimeni?

- Jos tehdään niin, että jätän sopimuspaperit tänne tutustuttavaksi. Kerron kuitenkin Alanille, että olet mukana. Ota paperit maanantaina koululle, niin jatketaan siitä. Nyt jätän teidän rauhaan viettämään sunnuntaita.

- Hei, hei, söpöliini, Aki heilutti Sannille.

Aki lähti. Pöydällä oli pino papereita. Hannele ja Kristian katsoivat toisiaan ja alkoivat nauraa, iloista, helpottunutta naurua sydämen kyllyydestä.

Maanantaina Hannelen askel oli kevyt. Koulussa oli järjestetty pienimuotoinen kahvitilaisuus Hannelen kilpailumenestyksen johdosta. Opettaja piti kauniin puheen ja kannusti muitakin oppilaita ponnistelemaan unelmiaan kohti.

Hannele kävi Akin kanssa vielä sopimuspaperit läpi. Kaikki näytti olevan kunnossa. Iltapäivällä he menisivät katsomaan lähellä olevaa ateljeeta. Samassa talossa työskenteli muitakin taiteilijoita, mutta Hannelella oli oma, valoisa huone ylimmässä kerroksessa. Kuulosti hyvältä. Hän saisi huoneen käyttöönsä jo syyskuun alusta ja voisi aloittaa työt saman tien. Kultasepän ammattitutkinnon paperit hän saisi joulukuussa, kun muutkin opiskelijat.

Jouluna he viettäisivät luultavasti vielä toisiakin valmistujaisjuhlia. Kristian sai pedagogisen kelpoisuuden eli opettajan pätevyyden. Nyt hän oli myös muodollisesti pätevä. Siitä iloitsivat eniten kaikki hänen tyytyväiset oppilaansa, jotka saavat nauttia kannustavan opettajansa opetuksesta jatkossakin.

Lokakuussa he matkustavat Espanjaan pariksi vii-
koksi. Sanni odotti lentomatkaa jo innolla. Loman
jälkeen Espanjan talo myydään. Isällä oli jo ostaja
valmiina. Hannelen vanhemmat halusivat jäädä
Suomeen. Heillä oli aivan uusi elämä edessään, sii-
hen sisältyi perhe, lapsenlapsi, uusia tuttavuuksia.

Hannele tapasi Ninan kahvilassa. Vauva oli saanut
nimen. Hänestä tuli Toni.
- Tomas ja Nina, Toni, hymyili Nina.
- Miten sinulla menee? Hannele kysyi, vaikka olisi
voinut arvata, että mainiosti.
- Asiat eivät voisi olla paremmin. Saan todistuksen
jouluna. Tomas hoitaa vauvaa, kun opiskelen, hän
on isyyslomalla. Asumme kaikki kolme yhdessä
Tomasin asunnossa. Olen tavannut usein hänen per-
hettäänkin.
- Luotatko häneen?
- No jaa… mihin tässä maailmassa nyt voi luottaa.
Voinko itseenikään? Toistaiseksi menee hyvin. Päi-
vä kerrallaan. Olen onnellinen ja minusta tuntuu että
Tomaskin on. Rakastuin häneen heti ensimmäisenä
päivänä, hymähti Nina. - Varmaan muistat?
Molemmat naurahtivat.
- Sinusta kuullaan vielä, Nina sanoi. - Toivottavasti
muistat meidät vielä sitten, kun olet maailmankuulu
suunnittelija.
- Enpä tiedä siitä maailmankuulusta. Minulla on jo
kaikki, kun saan olla Kristianin ja Sannin kanssa.

Hannele käveli hiljakseen koulun puistikon poikki. Syksy teki jälleen tuloaan. Nyt ei ollut niin lämmintä, kuin viime vuonna. Portilla odotti mies ja lapsi. Sanni heilutti vimmatusti, kun huomasi hänet. Hannele meni heidän luokseen. Kristian suuteli häntä ja otti kädestä kiinni. He lähtivät kävelemään yhdessä kotiin.

9 789528 084563